व्यंग्य की घुड़दौड़

व्यंग्य

शशि पुरवार

(100 women's Achievers of India)

इंदौर में जन्मीं शशि पुरवार का शिक्षण, देवी अहिल्या विश्वविद्यालय, इंदौर से पूर्ण हुआ। जीवन की जटिलता व स्त्री-पुरुष असमानता को बचपन में ही महसूस किया। सफ़र पथरीला था, पर हौसले बुलंद। विषम परिस्थतियों के सामने आत्मसंबल से जूझती रहीं... कलम को तलवार बनाया। विसंगतियों के खिलाफ अपने प्रयासों से 'महिला और बाल विकास मंत्रालय' द्वारा भारत की '100 women's Achivers of india' से सम्मानित हुईं। शशि पुरवार आज परिचय की मोहताज नहीं हैं। हर विधा में लेखन करती हुई इनकी कलम को पाठकों का असीम स्नेह प्राप्त हुआ है। अंतर्जाल के माध्यम से वह सीधे पाठकों से जुड़ी हैं तथा गीत, आलेख, व्यंग्य, कहानी व अन्य विधाओं द्वारा अपनी संवेदनाएँ व्यक्त करती हैं।

विशेष : 'विद्यावाचस्पति', 'हरिशंकर परसाई स्मृति सम्मान' व एक
दर्जन से अधिक सम्मान व पुरस्कार प्राप्त
फिल्म डायरेक्टर दर्शन दरवेश द्वारा कुछ कविताओं का पंजाबी
अनुवाद

ब्लॉग - www.sapne-shashi.blogspot.com
ईमेल - shashipurwar@gmail.com
मोबाइल - 09420519803

व्यंग्य की घुड़दौड़

शशि पुरवार

books

व्यंग्य की घुड़दौड़ (व्यंग्य संग्रह)
© शशि पुरवार

मूल्य भारत में : ₹ 150
मूल्य विदेश में : $ 8

प्रकाशक : **रेडग्रैब बुक्स**
942, मुठ्ठीगंज, इलाहाबाद-3 उत्तर प्रदेश, भारत
वेबसाइट - www.redgrabbooks.com
ईमेल - contact@redgrabbooks.com

संस्करण : प्रथम, अगस्त 2018
टाइप सेटिंग : श्री कम्प्यूटर्स, इलाहाबाद
मुद्रक : भार्गव ऑफसेट, इलाहाबाद
आवरण चित्र : कार्टूनिस्ट कप्तान, इन्दौर
कैलीग्राफी : अजय डेरे, पुणे, मो.-8888031818
आवरण : श्री कम्प्यूटर्स, इलाहाबाद
ISBN : 978-93-87390-45-4

जिसने नन्हीं उम्र से कलम को मान देकर
उसे फूलों सा महका दिया,
जिसने सदा अपनी माँ पर विश्वास किया,
जिसके नेह ने कलम को कभी जंग नहीं लगने दी,
जिसने मेरी ममता को संपूर्ण किया... मेरी आँखों का तारा,
मेरी पहली कृति, मेरी दुलारी बेटी सौम्या के नाम।

शुभ आशीष -
फूलों सी हो ज़िन्दगी, सपनों का संसार
आँचल में खुशियाँ भरे, गंधों भरी बहार

– शशि पुरवार

मैं और मेरी संवेदनाएँ

मैं और मेरी संवेदनाएँ धरातल से जुड़ी हैं। समाज में व्याप्त विसंगतियाँ जहाँ मन को व्यथित करती थीं, वहीं संवेदनाओं की अभिव्यक्ति हृदय को सुकून प्रदान करती थी। बचपन से ही किताबों के प्रति लगाव रहा है। हृदय में जन्मीं संवेदनाओं को कागज पर उकेरना, मन को एक सुकून प्रदान करता था। चाहे वह गद्य हो या पद्य, धीरे-धीरे जीवन का अभिन्न अंग बन गए। कवितायें लिखते हुए जब स्कूल कालेज में लेख-आलेख लिखने का मौका मिला, वह भी सहज प्रतीत हुआ। हाँ, मेहनत के बिना कुछ संभव नहीं था। शादी के बाद पारिवारिक जिम्मेदारियों का निर्वाह करते हुए कलम अल्पसमय तक अवरुद्ध रही। फिर पुनः समय के साथ कलम ने गति पकड़ी। कविता, छंद रचनाएँ, गीत, ग़ज़ल, दोहे, कुण्डलियाँ, हाइकु, लघुकथा, कहानी, आलेख पत्र-पत्रिकाओं के लिये लिखती रही। मैंने सदैव हमारे सामाजिक परिवेश में बिखरी हुई संवेदनाओं को ही उठाया है। आभासी माध्यम, जब दुनिया को आपस में जोड़ रहे थे, तब मुझे भी अंतरजाल पर पाठकों व मित्रों से सीधे संवाद करने का मौका मिला, जहाँ पाठकों का असीम स्नेह लिखने के लिए प्रेरित करता रहा है, वहीं साहित्यिक गतिविधियों में बहुत कुछ सीखने का मौका भी मिला। एक विद्यार्थी बनकर रहने में जो आनंद है, वह अप्रतिम है। ऐसे में व्यंग्य की उत्कृष्ट पत्रिका 'अट्टहास' के संपादक अनूप श्रीवास्तव जी ने व्यंग्य लिखने हेतु प्रेरित किया। उनका कथन था, *'तुम्हारी रचनाओं में व्यंग्य है।'* लेखन करते समय कभी भी व्यंग्य विधा का खयाल जहन में नहीं आया। थोड़ा अंतर्मुखी व शांत स्वभाव होने के कारण कभी कटाक्ष व तंज़ पसंद नहीं था। करीब छह महीने तक वह निरंतर व्यंग्य लिखने हेतु प्रेरित करते रहे। अंततः मैंने हथियार डाल दिए। ऐसे में मेरे लिए व्यंग्य लेखन कठिन चुनौती थी। संवेदनाओं को जोर जबरजस्ती द्वारा व्यक्त नहीं किया जा सकता है, फिर भी व्यंग्य विधा को चुनौती की तरह स्वीकार करके अपना विद्यार्थी-धर्म पूरा किया।

आदरणीय अनूप श्रीवास्तव जी ने न केवल प्रेरित किया, अपितु अपनी व्यंग्य पत्रिका 'अट्टहास' में स्थायी स्तंभ भी प्रदान किया। शायद मेरे विनोदी स्वभाव ने मुझे व्यंग्यकार बना दिया। समाज में बिखरी हुई जिन संवेदनाओं ने व्यथित किया, उसकी अभिव्यक्ति करती रही। व्यंग्य लिखना भी उतना ही सहज प्रतीत हुआ, जितना अन्य विधा लिखना। मैं स्वयं को किसी विधाकार के रूप में बाँधना नहीं चाहती थी, अपितु एक रचनाकार बनकर लोगों के दिलों में अपनी जगह बनाना चाहती थी; आम आदमी की आवाज बनना चाहती थी। पाठकों के स्नेह ने आगे बढ़ने हेतु प्रेरित किया, वहीं आलोचनाओं ने भी हौसला कम नहीं होने दिया। कर्म-पथ पर चलते हुए कई सम्मान प्राप्त हुए, जिसने सदैव मुझे कर्म-पथ पर चलने हेतु प्रेरित किया। व्यंग्य-लेखन हेतु भी 'माध्यम संस्था' लखनऊ द्वारा 'हरिशंकर परसाई सम्मान' से वर्ष 2016 में सम्मानित किया गया, जिसने व्यंग्य लेखन को भी कलम का अंग बना लिया। सतत् लेखन करते हुए कभी भी संग्रह प्रकाशन का विचार मन में नहीं आया।

रेडग्रैब बुक्स के प्रति हृदय से आभारी हूँ, जिन्होंने मेरे व्यंग्य-संग्रह को प्रकाशित करने की पहल की है। रेडग्रैब बुक्स के कारण ही मैंने अपनी व्यंग्य पांडुलिपि 'व्यंग्य की घुड़दौड़' के लिए, बिखरी हुई व्यंग्य सामग्री को समेटना प्रारम्भ किया था। आज रेडग्रैब बुक्स के कारण ही मेरा संग्रह आपके हाथों में है; उन्हें भी नमन।

वर्तमान समय में हर तरफ अंतहीन दौड़ चल रही है। हर तरफ पलक झपकते आसमान छूने की दौड़। कहीं कुछ छूट रहा है... कहीं आभासी दुनिया है, कहीं धरातल की कठोर जमीन, तो कहीं अंतहीन भूख की घंटी बज रही है। हमारे परिवेश में बिखरी हुई संवेदनाओं को विषयगत उठाने का प्रयास किया है। मेरा यह संग्रह, पाठकों को समर्पित है। पाठकों का अनमोल स्नेह ही असली सम्मान है, जिन्होंने मुझे यहाँ तक पहुँचाया है। व्यंग्य-संग्रह पर आप सभी मित्रों की अनमोल प्रतिक्रिया की प्रतीक्षा रहेगी। आपका अनमोल स्नेह यूँ ही मिलता रहे... आप सभी मित्रों, परिजनों और पाठकों को नमन।

– शशि पुरवार

अनुक्रम

1.

क्रोध *बनाम* सौंदर्य

आज सरकारी आवास पर बड़े साहब रंग जमाए बैठे थे। वैसे साहब दिल के बड़े गरम मिजाज हैं, लेकिन आज बर्फीला पानी पीकर, सर को ठंडा करने में लगे हुए है। सौंदर्य *बनाम* क्रोध की जंग छिड़ी हुई है। आज महिला और पुरुष समान रूप से जागरूक हैं। यही एक बात है, जिस पर मतभेद नहीं होते है। कोई आरक्षण नहीं है, कोई द्वन्द्व नहीं है। हर कोई अपनी काया को सोने का पानी चढ़ाने में लगा हुआ है; ऐसे में साहब पीछे कैसे रह सकते हैं? हर कोई सपने में खुद को ऐश्वर्या राय और अमिताभ बच्चन के रूप में देखता है। साहब इस दौड़ में प्रथम आने के लिए बेकरार हैं। बालों का बनावटी यौवन टपक रहा है, किन्तु बेचारे पेट का क्या करें? ऐसा लगता है, जैसे पेट, शर्ट फाड़कर बाहर निकलने के लिये बेक़रार है। कुश्ती जोरदार है। चेहरे की लकीरें घिस-घिसकर यौवन चमकाने के प्रयास में, चमड़ी दर्द से तिलमिला कर अपने रंग दिखा रही है।

भाई इस उम्र में, अगर अक्ल न झलके तो क्या करें। अक्ल ने भी भेदभाव समाप्त करके, घुटने में अपना साम्राज्य स्थापित करना प्रारम्भ कर दिया है। बेचारा घुटना, दर्द की अपनी दुःख भरी दास्तां का राग सुनाता

रहता है।

अब क्या करें? साहब का गुस्सा बिन बुलाये मेहमान जैसा है। जब मर्जी हुई नाक से उड़कर, मधुमक्खी की तरह डंक मारकर, सबको लहूलुहान करता है। शब्द भी इस डंक की भाँति अंत तक टीसते रहते हैं। वैसे गुस्से में कौन से शब्द कहाँ गिरे, किसी को ज्ञात ही नहीं होता है... बेचारे शब्दों को तत्पश्चात, दिमाग की बत्ती जलाकर ढूँढ़ना पड़ता है। शब्दों की जाँच नहीं हो सकती, कि ज्ञात हो कौन से पितृ शब्द से जन्मा है। भाषा, क्रोध में अपना रंग-रूप बदल लेती है; क्रोध में कौन-सा शब्द, तीर से निकलेगा, योद्धा को भी पता नहीं होता है। आज के अख़बार की प्रमुख ख़बर - 'सौंदर्य और क्रोध का तालमेल।' यह सुन्दर लेख, उपाय के संग प्रकाशित होकर, दुःखी हारे लोगों की प्रेरणा बना हुआ था। ख़बरें पढ़ते-पढ़ते शर्मा जी ने साहब को सारे टिप्स, चाशनी में लपेटकर सुना दिए।

''साहब जवां रहने का असली राज है, गुस्से को वनवास भेजना; गुस्सा आदमी को खूँखार बना देता है... आदमी को ज्ञात नहीं होता, कि वह कब पशु बन गया है।

गुस्से में उभरी हुई आकृति को, यदि बेचारा खुद आईने में देख ले, तो डर जाये। टेढ़ी तनी हुई भौंहे, अग्नि उगलती आँखें। शरीर का कम्पन के साथ तांडव – नृत्य... क्रोध की ऐसी भावभंगिमाएँ, जैसे 420 का करंट पूरे शरीर में फैल गया है। सौम्य मधुरता, मुखमण्डल को पहचानने से भी इंकार कर देती है।

कम्पन के गतिशील होने से एक बात समझ गए, कि कोई दूसरा क्रोध करे या न करे, हम उसके तेवर में आने से पहले ही काँपने लगते हैं। अगले को काहे मौका दें, कि वह हम पर अपने क्रोध की अग्नि का तीर छोड़े।

क्रोध की महिमा जानकर, साहब क्रोध को ऐसे गायब करने का प्रयास कर रहे हैं, जैसे गधे के सिर से सींग। सारे सहकर्मी पूरे शबाब पर थे; एक दो पिछलग्गू भी लगा लिए और साहब की चम्पी कर डाली। भगवान् जाने हाथ साफ करने का ऐसा मौका फिर मिले न मिले।

अन्य सहकर्मी भी सुर मिलाने लगे - ''साहब, योग करो, व्यायाम

करो...!''

साहब ने बीच में ही कैंची चला दी और थोड़ा शब्दों को गम्भीरता से चबाते हुए बोले - ''क्या व्यायाम करें; बस आड़े - टेढ़े मुँह बनाओ, शरीर को रबर की तरह जैसा चाहो वैसा घुमा कर आकार बनो लो... लो भाई, क्या उससे हरियाली आ जाएगी।''

फिर खिसियाते हुए जबरन - हे हे हे करने लगे। अब क्रोध तो नहीं कर सकते; तो उसे दबाने के लिए शब्दों को चबा लिया। जबरन होंठो व गालों को तकलीफ देकर हास्य-मुद्रा बनाने का असफल प्रयास किया। बहते पानी को कब तक बाँधा जा सकता है। ऐसा ही कुछ साहब के साथ हो रहा था। आँखों में बिजली ऐसी कड़की, कि आस-पास का वातावरण और पत्ते पल भर में साफ हो गए।

क्रोध के अलग-अलग अंदाज होते हैं। मौन-धर्मी क्रोध, जिसमें मुँह कुप्पे की तरह फूला रहता है; कभी आँखें अपनी कारगुजारी दिखाने हेतु तैयार रहती हैं। कभी-कभी मुँह फूलने की जगह पिचक जाता है, तो कभी आँखों से दरिया अपने आप बहने लगता है। कभी-कभी क्रोध की आँधी, हृदय की सुख धरनी को दुःख की धरनी बना देती है। चहलकदमी की सम्भावनाएँ बढ़ जाती हैं, सुख-चैन लूटकर पाँव गतिशील हो जाते हैं... हम कमरे या सड़क की लम्बाई को ऐसे नापते हैं, कि मीटर भी क्या नापेगा। शरीर की चर्बी अपने आप गलनशील हो जाती है। देखा जाये तो मोटापे को दूर करने का क्रोध एक रामबाण इलाज है; यह भी किसी योग से कम नहीं है।

एक ऐसी दवा, जो बहुत असरकारक होती है। मितभाषी, खूब बोलने लगते हैं और अतिभाषी, मौन हो जाते हैं; या अति विध्वंसकारी हो जाते हैं। कोई गला फाड़कर चिल्लाता है, तो कोई चिल्लाते हुए गंगा-जमुना बहाता है... कोई शब्दों को पीता है, तो कोई उसे चबाकर नयी भाषा को जन्म देता है।

आज साहब को क्रोध का महत्व समझ आ गया। सोचने लगे- 'वैसे गुस्से से बड़ा कोई बम नहीं है; गुस्सा करके हम तर्कों से बच सकते हैं,

विचारों को नज़रअंदाज कर सकते हैं। कुछ न आये तो क्रोध की आँधी सारे अंग को हिलाकर गतिशील बना देती है। सौंदर्य-योग हेतु यह योग कोई बुरा नहीं है। अभी इसका महत्व लोगों को समझ नहीं आया है... जल्दी शोध होगें और नया क्रोध-पत्र बनेगा।

सोच रहा हूँ, मैं भी क्रोध बाबा के नाम से अपना पंडाल शुरू कर देता हूँ; तब अपने भी अच्छे दिन आएँगे। फिलहाल 100 करोड़ की माया को माटी में मिलने से बचाने हेतु, संजीवनी ढूँढ़नी होगी... हास्य संजीवनी। क्रोध का बखान आधा ही हुआ है... कहीं आपको तो गुस्सा नहीं आ रहा है?

2.

नेता जी का भाषण

गाँव के नवोदित नेता, ललिया प्रसाद अपनी जीत के जश्न में सराबोर, कुर्सी का बहुत ही आनंद ले रहे थे। कभी सोचा न था सरकारी कुर्सी पर ऐसे बैठेंगे। पाँव पर पाँव धरे, पचपन इंच सीना चौड़ा करके (छप्पन इंच कहने की हिम्मत कहाँ?), मुख पर 32 इंच की जोशीली मुस्कान के साथ नेता जी कुर्सी में ऐसे धँसे हुए बैठे थे, मानो उससे चिपक ही गए हों। साम, दाम, दंड और भेद की नीति से कुर्सी मिल ही गयी... भगवान् जाने फिर यह मौका मिले या न मिले, पूरा आनंद ले लो। कुर्सी मिलते ही चमचे, बरसाती पानी जैसे जमा होने लगे... जैसे गुड़ पर मक्खी भिनभिनाती है; वैसे ही हमारे नेताजी के चमचे जमा होकर भन-भन कर रहे थे।

तभी नेताजी का खास चमचा, रामखेलावन खबर लेकर आया, कि 15 अगस्त पर उन्हें तहसील के प्रांगण में झंडारोहण करना है। अब तो जोश जैसे और दुगना हो गया। नेता जी दिन में जागते हुए स्वप्न देखने लगे। लोगों के हुजूम, तालियों की गड़गड़ाहट के बीच बड़े स्वाभिमान से झंडे की डोरी खींचकर झटपट झंडा लहरा दिया, तभी धड़ाम की आवाज के

साथ नेता जी उछलकर कुर्सी से गिर पड़े। दिवास्वप्न टूट गया। देखा तो दरवाजे का पर्दा उनके ऊपर पड़ा था और वे जमीन की धूल चाट रहे थे। यह देख रामखेलावन समेत सारे चमचे जोर-जोर से बत्तीसी दिखाने लगे। नेताजी खिसियानी बिल्ली की तरह बरामदे का खम्भा नोचने लगे और उनकी खतरनाक मुख मुद्रा देखकर, सारे चमचे ऐसे गायब हुए, जैसे गधे के सिर से सींग।

नेता जी बड़बड़ाने लगे- ''हम पर हँसते हो; कभी खुद ई सब किये होते तो पता चलता, रस्सी खेंचना का होवत है... भक भक...! अब तुम काहे दाँत दिखा रहे हो? कछु काम के न काज के, चले आये परेशान करने... अब झंडावंदन करे का है तो सफ़ेद झक्क कुरता पायजामा और टोपी ख़रीदे हैं, का है कि अब फोटो सोटो भी लिया जायेगा।

रामखेलावन- ''वह तो ठीक है प्रभु; स्टेज पर कछु बोलना पड़ेगा, अब भाषण का देना है वह भी तो सोचिये...''

नेताजी- ''अर्रर... जे हम तो भूल ही गए।'' सारी खुशी ऐसी हवा हुई, कि नेताजी का मुँह एकदम पिचके हुए आम की तरह पोपला हो गया। चौड़ा सीना ऐसे पिचका, जैसे गुब्बारे में छेद हो गया हो। पेशानी पर गुजली मुजली सलवटें ऐसे आयीं, कि चिंता के मारे खुद के बाल ही नोचने लगे।

यह सब देख चमचा भी उसी रंग में रँगने लगा। इधर नेताजी की चहल-कदमी बढ़ती जा रही थी। उधर रामखेलावन पीछे-पीछे टहलता हुआ अपनी वफ़ादारी दिखा रहा था।

नेताजी - ''अब का होगा?'' हमरी इज्जत का मलीदा बन जायेगा; अब का भाषण देंगे, कभी सुने ही नहीं... सकूल में भी सिर्फ लड्डू खाने जाते थे, तीसरी कक्षा के बाद पढ़ने गए ही नहीं। दिन-रात गैय्या को चारा खिलाते रहे; गौ माता की किरपा से नेता बन गए... ये ससुरे भाषण वासण काहे रखत हैं; 2 चार लड्डू दई दो, खाना खिलवई दो... हो गया झण्डावंदन... आगे के शब्द खुद ही चबाकर नेताजी खा गए।

यह सब देखकर रामखेलावन समझ गया, कि नेताजी की हालत पतली हो रही है! वह हिम्मत बढ़ाते हुए बोला - ''इसमें चिंता की कोनो बात

नहीं है, भाषण देखकर पढ़ लियो; अभी समय है थोड़ा प्रक्टिस कर लो; हमें गाना भी आवत है; अभी परोग्राम को समय है, हम सिखा देंगे।''

नेता जी- ''हाँ वही वही परोग्राम; तुम कौन से काले कोट वाले हो, जो हमरे खातिर भासन लिखोगे; जे सब पढ़े लिखे का काम होवत है, वैसे जे बताओ, इसे और का कहत हैं स्वतंत्र दिवस या गणतंत्र दिवस या इन दर्पेंदंस डे...'' कहते हुए बाल खुजलाने लगे। गाना वाना तो हमसे होगा नहीं; टीवी पर देखत रहे, सबरे धुरंदर, सलूट मार के खड़े रहत हैं, कोई गाना वाना नहीं गावत है, जे काम तो सकूली बच्च्वन का है।

चमचा- ''हाँ, फिर कहे चिंता करत हो, बस भाषण याद कर लो, तैयार हो जावेगा, हम सिखा देंगे; एक-एक गिलास गरम दूध पियो, हलक में गरमागरम उतरेगी तो ससुरी जबान खुल जावेगी।''

नेता जी- ''पर, हमरी तो हालत ख़राब है; इतने लोगन के सामने भासन... भासन कइसन कहें, पर बोलना तो पड़ेगा ही... नहीं हम अपना दिमाग लगाते हैं... अब हम याद कर लेंगे... नमस्कार गाँव वालों...!''

रामखेलावन- ''हे महाराज, ऐसे शोले की तरह नहीं कहते; कहिये मेरे प्रिय भाइयों और बहनों...''

नेताजी - ''चल बे, वह सबरी तुमरी बहन होगी... आजकल वक्त बदल गयो है।''

रामखेलावन- ''ओ महाराज! भाई बहनों को प्रणाम नहीं कहे का है, तो बोलो भाई बंधू...''

इधर चमचा, कागज कलम के साथ टुन्न हो गया, उधर नेताजी को भी दूध जलेबी चढ़ गयी। दिन में सितारे नजर आने लगे। जोश में होश खो बैठे। स्वप्न में खुद को मंच पर खड़ा हुआ पाया। अपार जन समूह देखकर मुस्कराने लगे और जैसे ही लोगों के हुजूम ने जयजयकार की, तो हाथ हिलाते हुए माइक तक आ गए। मेज को मंच समझकर जोश के साथ ऊपर चढ़कर खूब दिमाग लगाया और भाषण शुरू किया -

''भाइयों... भाइयों... और सबकी लुगइयों...! आज हमरा बहुत बड़ा

दिन है, हमरा सपना सच हो गयो है; कबहूँ सोचे न थे नेता बन सकत हैं...
हे गाँधी जी कृपा रही, पहले लोग देश की खातिर जान दिए रहे, देश को
गुलामी से बचाये रहे, गाँधी जी के वचनों पर चले... बुरा मत देखो, बुरा
मत कहो, बुरा मत सुनो। आज स्थिति बदल गयी है, लोग बुरा ही देखत हैं,
बुरा ही करत हैं और बुरा ही सोचते हैं। पहले हाथ जोड़कर सबके आगे खड़े
रहते थे; बात-बात पर लात घूँसे मिलत रहे, पर अब समय बदल गयो है; दो
चार लात घूँसे मारो, थोड़ा गोटी इधर का उधर करो, थोड़ा डराओ
धमकाओ, पैसे खिलाओ तो चुनाव का टिकिट भी मिल जावत है। पहले
पढ़े-लिखे लोग नेता बनत रहे, तब भी देश बँटता था, आज कम पढ़े लिखे
लोग नेता बने हैं, तब भी देश छोटे-छोटे राज्यों में बँट गवा है। सबरी पार्टी
अपनी सत्ता चाहत है। शांति के सन्देश पहले से देत रहे सो आज भी देत हैं।

आज हर किसी को नेता बने का है... कुर्सी है तो सब-कुछ है, आज
हर कोई कुर्सी चाहत है। सबहुँ मिलकर घोटाले करो, जितने भी पैसा आवत
है उसे आपस में मिल बाँटकर खाई लो, देश की जनता बड़ी भोली है।
ईमानदार टैक्स देता रहे, किसान मरता रहे; आज जेहि स्थिति बनी हुई है।
एक बार कुर्सी मिल गयी, फिर सब अपनी जेब में रहत हैं। काहे के संत्री -
मंत्री; देश को पहले अंगरेज लूटट रहे, अब देश के लोग ही लूटन मा लगे
हैं... हर तरफ भ्रष्टाचार फैला हुआ है; कुछ भी हो जाये, कुर्सी नहीं छोड़ेंगे।
घोटाले करके जेल गए तो पत्नी या बच्चों को कुर्सी दिलवा देंगे। जे बच्चे वा
खातिर ही पैदा किये हैं... कब काम आवेंगे। प्राण जाए पर कुर्सी न जाए,
पहले देश को गुलामी से बचाया, अब खुदही देश के तोड़न में लगे हैं। हर
किसी की अपनी पार्टी है, सत्ता के खातिर हर कोई अपनी चाल चल रिया
है। इसको मारो, उसको पीटो, दो चार लात घूँसे चलाने वाले पहलवान
साथ में राख लियो, मजाल कोई कुछ करे। सारे साम दाम दंड भेद अपनाई
लो, पर अपनी जय जयकार कमतर नहीं होनी चाहिए।

अब नेता बन गए तो देश-विदेश घूम लो, ऐसन मौका कबहू न मिले;
हम भी अब वही करहियें। अभी बहुत कुछ करे का है। बस फंड चाहिए, जो
काम करे का है। सब काम के लिए फंड। फंड में खूब पैसा मिलत है, थोड़ा
बहुत काम करत हैं, बाकी मिल बाँटकर खाई लेंगे; आखिर चोर-चोर मौसेरे

भाई-भाई जो हैं।

तुम सबरे गाँव के लोगन ने हमें नेता चुना और हमेशा अइसन ही प्रेम बनाये रखना, आगे भी ऐसे ही हमें वोट डालना। तुम सब यहाँ आये हो हमें बहुत अच्छा लगा... लो झंडा वंदन कर दिए हैं, बच्चों ने गाना भी गा दिया। आज हम लाडू बहुत बनवाएँ हैं, खूब जी भर के खाओ; हमें याद रखना, हर बार वोट देना... फिर ऐसे ही गाड़ियों में भर के शहर घुमाने ले जायेंगे और खाना पैसा भी दिहें...

अभी जोर से बोलो- ''जय भारत मैया की!''

3.

जहाँ आदमी अपने को रोज बेचता है

आह पर भले ही वाह भारी पड़ गया और मौत ने, न केवल जिंदगी को दिन - दहाड़े हजारों - लाखों लोगों के बीच शिकस्त दे दी; लेकिन न नेताओं के भाषण थमे. न उनके खयालों से आँसू टपके, न किसी ने टोपी उतारकर उस गरीब किसान के बेटे के आत्मघाती शव को विदाई दी। भाषण चलते रहे; तालियाँ बजाने के लिए ढोकर लाये गए लोगों के काफिले आते रहे जाते रहे। सरकारी मजमा बदस्तूर हाथ पर हाथ बाँधे खड़ा रहा। बेबाकी से जैसे संवेदना की भी आँख पर सरकारी पट्टी बँध गई थी। मैं समझ नहीं पा रहीं हूँ, कि बेचारा मेहनतकश मजदूर, जो न तो किसान कहलाने लायक है, क्यों हथेली पर सरसों उगाने भर की भी जमीन उसे मयस्सर नहीं होती? खेतिहर, मजदूर की तरह खेतों में खटता रहता है... यही नहीं, गगनचुम्बी अट्टालिकाओं को बनाने में जिंदगी खपा देने के बाद भी उसे अपने छोटे से परिवार के लिए छत तक नसीब नहीं होती।

घर से घाट तक और घाट से लेकर लादी धोने वाले सीधे –सादे पशु गर्दभ के समान वह भी गोदाम से दुकान और दुकान से गोदाम तक माल ढोता-ढोता थक कर चूर हो जाता है, फिर भी कदम–कदम पर उसका खाना – पीना, दरकिनार कर खिड़की ही नसीब होती है।

उनका नेतृत्व करने वाले तथाकथित मजदूर नेता भी उनका शोषण करने से नहीं चूकते हैं। पत्रकार बिरादरी के लिए आयोग पर आयोग बनते गये, उन्हें कानून लेबर एक्ट के तहत सारी सुविधायें दी जाती रही हैं। इसका मैं विरोध नहीं करती हूँ, पर इन गरीब मजदूरों के लिए न तो कभी कोई ढंग से आयोग बनाकर गया और न ही कोई सुविधायें देने के लिए कारगर कदम उठाया गया।

मजदूरों का अगर वर्गीकरण किया जाये तो कलम थक जाएगी। ईंट - भट्टा मजदूर, फेफड़े गँवाकर रोजी कमाने में लगे हैं; लाखों चूड़ी मजदूर, लोहा पीट-पीट कर उसे कलात्मक रूप देने वाले, लोहार से लेकर जिंदगी चलाने के लिए हम कदम-कदम पर मजदूरों का इस्तेमाल करतें हैं, लेकिन उन्हें पेट भर खाना नसीब हो, इसके लिए कभी नहीं सोचते हैं और सरकारी योजनायें बनती भी हैं तो पंजीकरण के नाम पर, दफ्तर में ही कैद हो जाती हैं।

क्या कभी किसी ने मजदूर दिवस पर इन मुद्दों को उठाया है? ठीक है, हम साल में महज एक बार मजदूर – हितैषी होने का ढोंग रचते हैं... उनको सुनने के बजाय स्वयं को वी.आई.पी. मानकर अपने एक-एक वाक्य पर ताली बजाते हैं, सरकार से उनके दुःख – सुख की सुविधायें दिलाने के लिए जोश – खरोश दिखाते हैं; पर इन बेचारे मजदूरों को पूरी मजदूरी देने के लिए जेब में हाथ डालने से परहेज करते हैं।

नगर के हर बड़े चौराहे पर रोज मजदूरों का हुजूम लगता है, जहाँ आदमी रोज अपने को बेचता है। हमें तनिक भी लज्जा नहीं आती, जब आदमी, आदमी का वजन उठाता है। रिक्शे पर बैठकर हम मोबाइल पर बतियाते रहते हैं और बेचारा रिक्शे वाला हाँफता हुआ पसीना पोंछता हुआ सवारियों को खींचता रहता है... हम अकड़ते हुए, निर्लज्ज बैठे रहते हैं।

हम कब इस न्याय - अन्याय को परखने वाले तराजू के पसंगा बनकर अपनी लोक-लुभावन भूमिका निभाते रहेंगे? कभी न कभी मजबूरन हमें चेतना पड़ेगा और तभी हमें मज़बूरी से नहीं; दूरी से भी नहीं, मंच से उतर कर गरीब मजदूरों को उसके मंच पर मंचासीन करना पड़ेगा; तभी मजदूर दिवस मनाने का औचित्य होगा।

4.

कुर्सी की आत्मकथा

कुर्सी की माया ही निराली है। कुर्सी से बड़ा कोई ओहदा नहीं है। कुर्सी सिर्फ राजनीति की ही नहा, अपितु हर मालिक की शोभा बढ़ाती है; चाहे वह कुर्सी सरकारी दफ्तर में हो या प्राइवेट दफ्तर में, कुर्सी की अपनी पहचान है। कुर्सी पर बैठने वालों की होड़ लगी रहती है। जो कुर्सी पर विराजा, वह राजा और जो कुर्सी के पास भटक भी न सके वह बेचारा। बेचारा कुर्सी का मारा, चुपचाप उसे तिरछी नजर से देखा करता है; दिल में धधकते शोले, आँखों से टपकता खून, हृदय की बेचैनी, जीने ही नहीं देती है। बेचारी कुर्सी किसी कन्या की भाँति डरी-डरी अपने जीवन के दिन काटती है... न जाने कब कौन-सा साया उसके हाथ पैरों की मरम्मत कर दे। उसके जीवन में कब कौन-सी शामत आये; यह तो समय भी नहीं बता सकता है, किन्तु फिर भी कुर्सी की महिमा गजब की है; हर कोई कुर्सी के आगे नतमस्तक है। हर कोई स्वप्न सुंदरी की तरह कुर्सी के सपने देखता रहता है। किस्म-किस्म के लोग कुर्सी पर अपनी तशरीफ़ रखने के लिए बेताब रहते हैं। अलग-अलग वजनदार लोग अपने वजन से कुर्सी का काया-कल्प करते रहते हैं और बेचारी कुर्सी, भार सहते-सहते बेदम होने

लगती है। फिर भी कुर्सी की चमक कम नहीं होती है। कुर्सी के दुश्मन, कुर्सी पर बैठे लोगों की, भिन्न - भिन्न अजीब-सी मुद्राओं व आकृतियों को देखते रहते हैं। कुर्सी पर बैठा व्यक्ति खुद को बादशाह समझकर फरमान जाहिर करता रहता है। आखिर कौन है जो उस कुर्सी की व्यथा को समझेगा? जिस कुर्सी ने ताज दिया है, वही कुर्सी अपने ताज की रक्षा करने में स्वयं असमर्थ है।

हल्का, दुबला-पतला शरीर या भारी- भरकम हाथी जैसा वजन; भार तो बेचारी कुर्सी को ही सहना पड़ता है। जब भी कभी ऑफिस में कुर्सी के दिन फिरे हैं, तो वह ए.सी. की बंद दीवारी में कुछ पल ठंडी हवा का आनंद लेती है और यदि दिन न फिरे, तो बॉस की लात खाती हुई कुर्सी, अपने बॉस का फिर भी दुलार करती है। अनेकों शरीर का भार ढोते-ढोते, पसीने में नहाई हुई कुर्सी, जर्जर हो जाती है, पर मुँह से उफ्फ तक नहीं करती है। ऐसा कोई महान व्यक्ति भी नहीं है, जिसने कभी कुर्सी की व्यथा समझने का प्रयत्न किया हो।

कुर्सी, राजा होकर भी किसी चपरासी की चप्पल के समान जीवन भर घिसती रहती है; कोई कभी लात मारता है, तो कोई हाथ तोड़ता है। कोई अपने दिल की सारी खुन्नस कुर्सी पर निकालता है। जब कहीं कोई जनसभा होती है, तब सबसे ज्यादा खतरे में कुर्सी होती है। खाकी वर्दी वाले, कुर्सी को छोड़, नेताओं की आवभगत व रक्षा में लगे रहते हैं। कब किसी के क्रोध की अग्नि में कुर्सी स्वाहा हो जाये, यक्ष प्रश्न है; कोई कुर्सी को उठाकर फेंकता है, तो कोई हाथ-पैर तोड़कर दिल की ज्वाला को शांत करता है। बदहाल में कुर्सी ही होती है और न्यूज़ चैनल की चर्चा में हमारे नायक रहते हैं। ऑफिसर, नौकरी समाप्त करके सेवानिवृत्त होते हैं, किन्तु कुर्सी की सेवा उसके मरणोपरांत ही समाप्त होती है। कभी-कभी तो बेचारी कुर्सी, इलाज के बिना ही दम तोड़ देती है... पुरानी जर्जर कुर्सी, स्वामिभक्ति दिखाते हुए शहीद हो जाती है। कुर्सी की वफादारी का इनाम, उसे स्टोर रूम में फेंककर दिया जाता है। आजकल रंग बिरंगी तितलियों की तरह कुर्सियों को भी अलग-अलग रेक्जीन के रंगबिरंगे परिधान पहनाये जाते हैं, रंग रोगन करके किसी दुल्हन की तरह कुर्सी को सजाया जाता है; फिर भी कुर्सी का दुःख

नहीं बदलता है। बदले जमाने की तरह रंग-बिरंगी तितलियाँ शीघ्र अपना दम तोड़ देती हैं और सरकारी स्थानों पर लकड़ी व तार से बनी मजबूत कुर्सियाँ, जन्मों-जन्मों तक वफादारी के वचन निभाती हैं। यही वह कुर्सी है जिसे सरकारी कर्मचारी बदलना नहीं चाहते; अपितु बदलने के नाम पर जेब ढीली करते हैं।

कई बार यह भी देखा गया है कि नोटों से हाथ लोग सेकते हैं और बदनाम कुर्सी होती है। चाहे संसद की जमीं हो या न्याय की चौपाल; पुलिस चौकी हो या जेल की सलाखें... घर-आँगन या दफ्तर, हर जगह सजी हुई रंग-बिरंगी कुर्सियाँ धीरे-धीरे खोखली हो जाती हैं, फिर भी उनकी खस्ताहाली पर कोई ध्यान नहीं देता है। यही कुर्सी जब अपने मालिक की कमर तोड़ती है, तब वह अपने जीवन के अंतिम पड़ाव में पल भर में पहुँच जाती है। न्याय के लिए तरसती इन कुर्सियों की व्यथा को न्याय कब मिलेगा? बोझ तले मरती इन कुर्सियों का दर्द कौन समझेगा? यह सभी प्रश्न, यक्षप्रश्न के समान हैं। कुर्सियों की आजादी व बोझ मुक्त साँस लेने की प्रक्रिया के लिए वैज्ञानिकों को कुछ योगदान देना चाहिए; साँस लेने का अधिकार बेजान वस्तुओं को भी होता है। आशा है भविष्य में कोई तो होगा जो कुर्सी की रामकहानी किसी चैनल के माध्यम से जन-जन तक पहुँचायेगा... कभी तो बेचारी कुर्सी के दिन बदलेंगे; हम इस जिजीविषा से कुर्सी के आगे नतमस्तक हैं।

5.

मजबूरी कैसी-कैसी

मजबूरी शब्द कहते ही, किसी फ़िल्मी सीन की तरह हालात के शिकार, मजबूर नायक–नायिका का दृश्य नज़रों के सम्मुख मन के चित्रपटल पर उभरता है, जिसमें हीरो, हिरोइन को मज़बूरी में सहारा देता है, या खलनायक उसकी मज़बूरी का फ़ायदा उठाता है। पर जनाब, अब इस दृश्य में बेहद परिवर्तन आ गये हैं। वह कहावत तो आप सभी ने सुनी होगी, कि मज़बूरी का नाम महात्मा गाँधी... सच, आजकल की पीढ़ी ने इस कहावत को चरितार्थ कर दिया है।

मकबूल साधो! अब हम क्या कहें? आज हम आपको मज़बूरी के भिन्न-भिन्न प्रकारों से अवगत कराते हैं। अब यह न सोचें कि हमें मूर्ख बनाया जा रहा है। भई किसी और को क्या मूर्ख बनाएँ, हम स्वयं इसी महान मजबूरी का शिकार हो चले हैं? हाँ, हाँ, मज़बूरी के शिकार! हम आपसे अपनी इस मज़बूरी को साझा करते हैं। हमारी मज़बूरी यह है कि संपादक और पाठकों के स्नेहिल निवेदन से हम आइसक्रीम की तरह पिघले हुए हैं और आपको वह पिघली हुई क्रीमी आइसक्रीम, शब्दों की चॉकलेट से सजाकर पेश कर रहे हैं। कलम घिसना भी किसी मजबूरी से कम नहीं हैं।

समाज को आईना दिखाना, हमारी मजबूरी है; यही मजबूरी कब कहाँ किसी के काम आकर कुछ भला करे दे, इसका किसी को अंदाजा नहीं होता है। यह हमारी जिम्मेदारी है, जिसे हमें हर हाल में निभाना होता है... फिर वक़्त के अनुसार खुद को अपडेट रखना भी हमारी मज़बूरी है, इसीलिए समाज के अपडेट लिखना, आप मज़बूरी कहें या कार्य, यह मुद्दा आपकी बहस के लिए छोड़ देते हैं।

किन्तु हमें हर हाल में लिखना ही होगा। भाव आयें तो प्रसन्नता की बात है, किन्तु भाव नहीं बनें तो दिमाग को हिला-हिलाकर निचोड़कर, भाव की स्याही से कलम को घिसना पड़ता है। शिष्टता के कारण लिखना अब हमारी मजबूरी और हमें पढ़ना आपकी; यानि एक अच्छे पाठक की मज़बूरी है। हमारी मेहनत के बाद आपने नहीं पढ़ा, तो किताब आपके सामने पड़ी - पड़ी आपके गले की हड्डी बन जाएगी। वह आई और आपने उसके पन्नों पर नजर तक नहीं घुमाई, इस दुःख को निगलने से पहले आप हमारी इस पीड़ा को जरूर समझेंगे। हमें पूर्ण विश्वास है कि आप हमें जरूर पढ़ेंगे, चाहे हमने कितनी भी बकवास क्यूँ न की हो।

वैसे इस मुकम्मल जहाँ में हर इंसान मजबूर है; चाहे घर हो या बाहर... काहे कि हर काम मजबूरी में ही किये जाते हैं। कैसे? तो सुनिए... जैसे पति -पत्नी का आपस में रिश्ता निभाना मजबूरी है। रोज-रोज की खिटखिट – पिट –पिट, चाहे कितने नगाड़े बजायें, किन्तु वे सदैव एक दूजे के बने रहेंगे। पत्नी भोजन जला दे तो भी मुस्कराकर खाओ। प्रेम से अच्छा भोजन खिलाये तो खूब खाओ। किन्तु खाओ। उसी प्रकार पति लाख झगड़ा करे; तो उसे मनाओ और नहीं माने तो खिला-खिलाकर मनाओ। अजी मनाओ क्या, बदला निकालो... भई कहते हैं न, मारो तो प्रेम से मारो।

आजकल यही तकनीक हमारी युवा पीढ़ी ने भी प्रारंभ की है। आज के युवा, रसोईघर में कंधे से कन्धा मिला रहे हैं। आज पुरुष कहने लगे हैं; हम महिला के शिकार हैं... तो महिलाएँ अक्सर पुरुषों की शिकार होती हैं। अब यह सत्य तो ईश्वर ही जानें। भई दूसरों के मामले में टाँग अड़ाने से वह भी घबराते हैं। इस गृह-युद्ध में तो श्रीकृष्ण का चक्र भी काम नहीं आता है। गृह हो या बाहर, आप कहीं भी कार्य करें, मजबूरी हर जगह विद्यमान है। कहीं

वह बॉस बनकर हुकूमत करती है, कहीं दयनीय जिन्दगी बनी हुई है। इसीलिए ईश्वर ने हर इंसान को कार्य करने के लिए मजबूर किया है। कार्य करो, पढ़ो–लिखो। कमाओ और परिवार चलाओ। वक़्त आये तो देश भी चलाओ।

अजी आज देश के हालात भी कुछ इसी तरह हो गएँ हैं। देश तरक्की चाहता है। बदलाव हर हाल में आवश्यक है, किन्तु नेता, कुर्सी के मद में डूबे हुए आपस में क्लेश करते रहते हैं और बेचारी जनता उनके हाथों मजबूर है। नेताजी की मजबूरी कुर्सी है। साम, दाम, दंड और भेद सभी नीतियाँ यहाँ अपने जौहर का प्रदर्शन करतीं हैं। देश में महँगाई, अजगर की भाँति मुँह बाये खड़ी है और जनता सिर्फ मन ही मन गालियाँ सुनाकर उसी महँगाई में जीने के लिए मजबूर है, हाथ चाहे कितना भी तंग क्यूँ न हो। क्या खायेंगे नहीं, पियेंगे नहीं या फेसबुक नही चलाएँगे?

अहा! यह तो सबसे महत्वपूर्ण जीने की वजह है। आज के ज़माने की तरह रहना भी हर वर्ग के लोगों की मज़बूरी है। आजकल फेसबुक ने इतना रायता फैला रखा है कि पूछो मत। हर कोई उसी रायते में अपनी पाँचों उँगलियाँ... अजी उँगलियाँ क्यूँ, पूरा ही डूबा रहना चाहता है। हाल ही में एक किसान के बेटे से मिलना हुआ... बेहद खुश, प्रसन्नता मुख से झमाझम बारिश की भाँति टपक रही थी। मोबाइल के प्रभाव में लल्ला ने खेत वेत से ज्यादा फेसबुक दोस्तों को तहरीज प्रदान कर रखी है। एक दिन नेट पेक जैसे ही बंद हुआ, बेचारे का पूरा हाजमा बिगड़ जाता है और उसे नेट पेक के चूरन की गोली देने से उसकी हालत में अतिशीघ्र सुधार हुआ।

भाई आजकल डॉक्टर फेसबुक के पास हर मर्ज की दवा है। हर रिश्ता इससे प्रभावित हो गया है। सास बहु के रिश्ते भी अछूते नहीं रहे। बहू, खाना दे तो ठीक, नहीं तो अपना खाना स्वयं बनाओ और अपने साथ-साथ मजबूरी में उसके लिए भी खाना बनाओ। वैसे भी आजकल प्रथा में बदलाव आ गया है। अब तो सास बहू भी सोशल मीडिया के जरिये अपनी वार्ता कर लेती हैं। लोग लड़का देखने जाते हैं तो पहला प्रश्न, क्या खाना बना लेते हो? भाई शादी करना है तो मिल-बाँटकर कार्य करना हर रिश्ते की मजबूरी हो गयी है। दुनिया घाघ लोगों से अटी पड़ी है; यहाँ गिद्ध की नजरें हर

इंसान के कार्य कर गड़ी रहती हैं... जैसे ही किसी की कमजोरी हाथ लगे, उस पर मज़बूरी का तड़का जल्दी से लगाओ और स्वादिष्ट व्यंजन बनाकर पेश करो। मीडिया को हर लजीज स्वाद की दरकार होती है वह आपको तवज्जो जरूर देगी। रोजी-रोटी की खातिर कुछ भी प्रस्तुति देना उनकी मजबूरी है।

अभी हाल ही में टी.वी. पर फरहा खान का नया शो शुरू हुआ है, जिसमें नामचीन कलाकार आपको अपने पसंद के व्यंजन बनाते हुए नजर आए। शो के प्रथम एपिसोड में अभिषेक बच्चन-साजिद समेत कई नामचीन कलाकार फरहा के शो पर मौजूद थे। फिल्में न सही; जो काम मिले हथिया लो। कुछ नहीं तो खाना ही बनाकर दिखा दो। कुछ काम तो मिला। बड़े परदे के कलाकारों ने मज़बूरी में छोटे परदे का रुख अपना लिया है और बेचारी जनता खुश होने की बजाय छोटे परदे का बेस्वाद होता रायता खाने के लिए मजबूर है। आप जब भी छोटा बुद्धू बक्सा खोलिए, ऊब भरे फ़िल्मी ड्रामे मनोरंजन के नाम पर परोसे जा रहे हैं, जिसका उपयोग जनता भोजन करते समय जरूर करती है। एक वही समय है, जब आदत से मजबूर बिना बुद्धू बक्से के भोजन गले से नीचे नहीं उतरता है, किन्तु वह भी मनोरंजन के नाम पर उबाऊ, रसविहीन और अपचकारी हो गया है। बेसिरपैर के फ़िल्मी ड्रामे या अवार्ड समारोह के नाम पर ऊलजलूल भोंड़े भद्दे मजाक देखना दर्शक की मजबूरी हो गयी है। ऐसे में अब यह रायता गले की हड्डी बनता जा रहा है। इसे कहते हैं मजबूरी, जिसके हाथों सब कठपुतली की तरह नाच रहे हैं। परदे की हस्तियाँ आगे चलकर आपके बीच नजर आयें तो आश्चर्य न कीजियेगा... भई मजबूरी का नाम जिंदगानी है।

वाह रे मजबूरी! तेरे रंग हैं अनेक। पसीना कौन बहाता है, ठीकरा किसके सर फूटता है? मजदूर को मजदूरी मिले न मिले... मजबूरी यह कि वह मुँह खोलकर बोल भी नहीं सकता। वैसे फिकरे फेंकने में सब माहिर हैं। हम आपका शुक्रिया अदा करना चाहेंगे, कि मजबूरी में लिखे गए आलेख को आपने हृदय से पढ़ लिया और स्नेह भी प्रदान किया। इसीलिए सब मिलकर बोले, मजबूरी देवी जी जय हो! आपकी हर मनोकामना इस मंत्र से जरूर पूर्ण होगी।

6.

भूख की घंटी-पेट की कशमकश

भूख शब्द का नाम लेते ही आँखों के सामने अनगिनत पकवान तैरने लगते हैं, मुँह में पानी का सैलाब उमड़ने लगता है। भूख अच्छे - अच्छों को दिन में तारे दिखा देती है। जब तक जठर अग्नि शांत न हो, दिमाग का दही जमने लगता है। अब भूखे पेट भी कहीं भजन होते हैं? भूख और पेट के सम्बन्ध की गुत्थी सुलझाना, समझ से परे है। हम तो यही समझते हैं कि यह पेट न होता तो जीवन में कितना सुकून होता; न खाओ और न बनाओ। इन सभी पत्नियों का दर्द हम बखूबी समझ सकते हैं। बेचारी दिन-रात यही सोचती हैं, अब भोजन में क्या बनाया जाय। यह पापी पेट न जाने कितने जतन करवाता है।

पिछले कई दिनों से हमें एक नया रोग लग गया है। अब यह बात किसी को भी बताने में शर्म आती है। न, न... दिमागी घोड़े न दौड़ाएँ; यह पापी पेट ही है जिसने हमें बैचेन कर रखा है। अजीब हाल है। पेट की घंटी कभी भी बज उठती है। जी हाँ, पेट में चूहे दौड़ते हैं और हम सीधे भोजन पर हमला करते हैं। खा-खाकर अनाज ख़त्म होने लगा। पर यह पापी भूख, अपना विकराल रूप धारण करके तांडव नृत्य करवा रही है। यह कैसी भूख

है, जिसकी क्षुधा शांत नहीं होती। जिधर देखो भोजन नजर आता है। जीभ रसवास करने हेतु तत्पर रहती है। आखिर आँतों को भी आराम चाहिए कि नहीं... अजीब कश्मकश है।

डॉक्टर को दिखाया तो बोले - ''सुबह-सुबह बेवकूफ बनाने के लिए हम ही मिले थे; जाओ-खाओ, हमें मत सताओ ...!''

पतिदेव से कहा तो बोले - ''हे नारी! मैं तुम्हारे आगे नतमस्तक हूँ; तुम्हीं अन्नपूर्णा हो, तुम्हीं काली हो, तुम्हीं जग माता हो; जाओ अपनी क्षुधा शांत करो। देवी, हमें आराम करने दो।

अब यह पंक्ति समझ से परे थी... एक अबूझ पहेली। पतिदेव ने उपहास किया या तंज कसा, समझ नहीं सके। किन्तु पेट की घंटी बजना कम नहीं हुई। लोगों के पैर फिसलते हैं; लेकिन हमारी जबान फिसलने लगी। वह भी भोजन पर। उसमें किसी को कष्ट क्यों हो? बनाने वाले भी हम, खाने वाले भी हम। कहतें हैं हींग लगे न फिटकरी, फिर भी रंग चोखा। निखरे भी हम। बिखरे भी हम। तो क्यों न भूख पर अपनी कलम की क्षुधा शांत की जाए?

संपादक हमें ललकारते रहते हैं- ''रचना जल्दी लिखकर भेजो और हम अपनी संवेदनाओं की भूख को तराशने लगते हैं।'' देखा जाये तो दुनिया में सभी भूखे हैं। नजर घुमाओ, भूख के अनगिनत प्रकार नजर आ जायेंगे।

भूख और राजनीति का क्या मेल?

मैं तो सिर्फ अपने पेट की भूख से परेशान हूँ, किन्तु पापी लोगों के पापी पेट भरने का नाम ही नहीं लेते हैं। किसी को तन की भूख है, किसी को धन की भूख है, किसी को मोह-लोभ, सत्ता- कुर्सी की भूख है, जो अंतहीन है। किसी को नाम की भूख है, किसी को आस्था की भूख। यही भूख लोगों को विचलित कर चैन से सोने भी नहीं देती। तन की भूख इंसान को दुष्कर्मी बनाती है। आस्था से अंधे लोग साधारण इंसान को भी मसीहा या देवी का दर्जा देकर उनकी पिपासा को शांत करते हैं; सत्ताधारी सत्ता के मद में चूर लोगों का उपयोग करते हैं। साम, दाम, दंड और भेद, कलयुग

के तेज औजार बन गये है। अच्छे दिन की चाह में लोग जीवन काट देते हैं, लेकिन अच्छे दिन नहीं आते। गरीब, दो जून रोटी की खातिर सारे अन्याय हँस कर सहता है। धर्म के द्वार से पाखंडियों को स्वर्ग-सा सुख देते हैं। भिन्न - भिन्न प्रजाति की भूख, न जाने कितने पाखंडियों को जन्म देती है। ऐसी भूख अंदर ही अंदर समाज को खोखला कर रही है। भगवा वस्त्रों का मुखौटा पहने राक्षस रँगरलियाँ मना रहे हैं।

धूमिल की एक कविता याद आती है -

एक आदमी रोटी बेलता है,

दूसरा आदमी रोटी खाता है और एक तीसरा आदमी भी है; जो न रोटी बेलता है, न ही रोटी खाता है; बल्कि रोटियों से खेलता है।

मैं पूछती हूँ, वह आदमी कौन है? मेरी देश की संसद मौन है; यानि हर जगह भूख का राजनीतिकरण हो रहा है। गरीब के पेट पर हर कोई रोटी सेंकने की फ़िराक में है। क्या वे भरे पेट वाले होते हैं, जिनको चाँद रोटी जैसा दिखाई देता है? भूख, पेट को गद्दार बना देती है। इस वाक्य में देश भक्ति कम नहीं है; पर गरीबी का दर्द कहीं ज्यादा है। ऐसा प्रतीत होता है भूख का विकराल दानव, ईमानदारी, सभ्यता व संस्कारों को निगल गया है। इंसान तत्वहीन होता जा रहा है। आस्तीन के साँप चहुँ ओर बिखरे पड़े हैं। मृगतृष्णा की अंतहीन भूख, पृथक आचार-विचार लिए, हमें भ्रमित करती रहती है। देश दुनिया में आज हर तरफ गिरती लाशें, न जाने कौन-से धर्म - कर्म की प्यासी है? यह कौन-सी भूख है, जो इंसानों को इंसानों के खून का प्यासा बना रही है? प्रेम और सद्भावना की हवा का अस्तित्व जैसे मिट गया है। इससे तो हमारी भूख अच्छी है; खाओ, खाओ और टुनटुन बन जाओ। समाज, देश, समय में उपजी विकराल दूषित विचारों की भूख न जाने कौन-से युग का निर्माण करेगी?

7.

व्यंग्य के तत्पुरुष

व्यंग्य के नीले आकाश में चमकते हुए सितारे संज्ञा, समास, संधि, विशेषण का विश्लेषण करते हुए नवरस की नयी व्याख्या लिख रहे हैं। परसाई जी के व्यंग्यों में विसंगतियों के तत्पुरुष थे। वर्तमान में व्यंग्य की दशा कुछ पंगु-सी होने लगी है। हास्य और व्यंग्य की लकीर मिटाते - मिटाते व्यंग्य की दशा-दिशा दोनों ही नवगृह का निर्माण कर रहे हैं। व्यंग्य लिखते-लिखते हमारी क्या दशा हो गई है। व्यंग्य को खाते-पीते, पहनते - ओढ़ते, व्यंग्य के नवरस में डूबे हम जैसे स्वयं की परिभाषा को भूलने लगे हैं। कई दिनों से जहन में यह ख्याल आ रहा है कि कई वरिष्ठ व आसमान पर चमकते सितारे, व्यंग्य की रसधार में डूबे हुए व्यंग्य के तत्पुरुष बन गए हैं। उनकी हर अदा में व्यंग्य हैं, चाहे वह शब्दों का झरना हो या मुख-मुद्रा की भावभंगिमा, आकृतियाँ।

जैसा कि विदित है, व्यंग्य को कोई नमक की संज्ञा देता है, कोई शक्कर की उपमा प्रदान करता है; लेकिन हर वक़्त हम नमक या इतनी मिठास का सेवन नहीं कर सकते हैं। अगर शरबत बनाया जाए, तो एक निश्चित अनुपात के बाद जल में शक्कर घुलना बंद हो जाती है... एक

ऊब- सी आने लगती है; कमोबेश यही हाल व्यंग्य का भी है। क्या कोई हर वक़्त अपने पिता से, भाई से और पत्नी से व्यंग्यात्मक शैली में वार्तालाप कर सकता है? पति-पत्नी या माता-पिता से जरा व्यंग्य वाणों का प्रयोग करें; दिन में ही तारे नजर आने लगेंगे... धक्के मारकर नया रास्ता दिखाया जायेगा।

हमारे परमपूज्य मित्र क, ख, ग और घ, चारों का गहरा याराना था। सभी व्यंग्यकार धीरे-धीरे व्यंग्य के तत्पुरुष बन गए। चारों ने अपने-अपने भक्तों को समेटना प्रारम्भ कर दिया है। जोड़ो तोड़ो की नीति चरम पर है। लोगों ने गुरु बनना व बनाना प्रारम्भ कर दिया है। पहले, सिद्ध व्यंग्यकार ढूँढ़कर गुरु बनाये जाते थे, लेकिन आज लोग व्यंग्य के मसीहा, भगवान् बनने पर आमादा हैं। व्यंग्य में भाई भतीजावाद होने लगा है। क, ख, ग और घ अपने नए नामों से अपने झंडे फहरा रहे हैं; कोई मामा-मामी, कोई काका - काकी, कोई दादा बन गया... कोई नया रिश्ता तलाश रहा है। क, ख, ग और घ जैसे तत्पुरुष अपनी गद्दी छोड़ना नहीं चाहते हैं। गुरु जैसे महान पद पर आसीन यह लोग नयी पीढ़ी को क्या दे रहे हैं? आजकल ऐसे तत्पुरुषों ने नवपीढ़ी को जुगाड़ करने का तरीका दे दिया है। अपने रिश्ते बनाओ, दल बनाओ और छपास करो। हर जगह राजनीति होने लगी है। पहले कार्य करने हेतु सम्मान दिया जाता था, आजकल सम्मान की भी जुगाड़ होने लगी है। हर जगह धोखाधड़ी का व्यवसाय फलने-फूलने लगा है। नयी पीढ़ी को सम्मान खरीदने का लालच देकर कौन-सा नव निर्माण हो रहा है? सम्मान देने हेतु बाकायदा संस्थाएँ बन गयी हैं। सबसे रुपए जमा करो और उसी से सम्मान का तमगा पहना दो। भाषा संस्कार का क, ख, ग, और घ न जानने वालों को भी सम्मान बाँटे जा रहे हैं। आजकल पुनः जातिवाद भी अपना रंग दिखाने लगा है; लोग अपनों को सम्मान दिलाकर ही गौरवान्वित हो रहे हैं।

रिश्ते तलाशते हुए सपाट बयानी करना अच्छा नहीं है। व्यंग्य की अपनी एक गरिमा है; रचनाकार का भी रचनाधर्म होता है। आभासी दुनिया में व्यंग्य की इतनी नदिया बह रही हैं, जिसमें गोता लगाओ; तो हम भी उन्हीं रंगों में रँगते नजर आते हैं। चोर भी चोरी करके सीना तानें फिर रहे हैं।

आत्मग्लानि शब्द जैसे इनके शब्दकोष में ही नहीं है। सोशल मीडिया पर हर कोई रिश्ते बनाकर सीढ़ी चढ़ना चाहता है। आज व्यंग्य व व्यंग्यकारों का मखौल बन गया है। रस, लय और गति जहाँ नहीं है, वहाँ रोचकता कैसे होगी? ऐसे लोगों को यदि मंच दे दिया जाये, तो कौन कितनी देर ठहरेगा ज्ञात नहीं है?

8.

व्यंग्य की घुड़दौड़

नया ज़माना, छोड़े पुराना। जी हाँ! नित नयी तलाश, हमें एक मुकाम पर लेकर जा रही है। नयी ज़माने की हवा, जो आँधी की तरह आती है और बाढ़ बनकर सब-कुछ बहाकर ले जाती है। नयी हवा में पुराना अस्तिव कुछ इस तरह बिखरता है, जैसे मुट्ठी से फिसलती रेत। आज हर कलमकार को अपडेट रहने की आवश्यकता है। व्यंग्य-विधा में रोजमर्रा की उबाऊ बातों को भी व्यंग्य के चटकीले चुटीले परिधान पहनाकर प्रस्तुत किया जाता है। व्यंग्य हमारे जीवन में नमक है, जिसके बिना खाने का स्वाद अधूरा होता है। सदियों से प्रचलित व्यंग्य, कहीं मीठी छुरी हैं, तो कहीं तलवार। हम तो व्यंग्य के क्षेत्र में अपनी वाकपटुता के कारण आ गए थे, लेकिन जैसे-जैसे समय हाथों से फिसलने लगा, हमारे सामने नया रेगिस्तान खड़ा था, जिसकी अंतहीन धरती भ्रम का आभास करा रही थी। नयी हवा की चौसड़ में हमारा क्या काम है। आजकल व्यंग्य लोगों के सर चढ़कर बोल रहा है; जिसे देखो व्यंग्यावतार लेकर प्रगट हो रहा है... हवा में व्यंग्य की तलवार बाजी शुरू है।

हम तो परसाई जी को पढ़ते ही रह गए, लेकिन नए बच्चों ने जैसे

व्यंग्य के आसमान पर पतंगबाजी करनी शुरू कर दी है। हम भी उस पतंगबाजी के पेंच देखने का आनंद लेने लगे। लोग हमें भले ही उस्ताद कहें, लेकिन हम सीखने हेतु तत्पर हैं।

इन्हीं विचारों के साथ नरेश बाबू, मित्र शर्मा जी के साथ गुफ्तगू कर रहे थे। लम्बे समय से व्यंग्य की राहों पर उम्र गुजर गयी, आज की नयी हवा को पढ़ना जरूरी था, इसीलिए नए ज़माने के स्कूल, सोशल मीडिया पर, हम अपने लल्लन टॉप मोबाइल के साथ व्यंग्यकारों के नए अवतारों की गणना करने लगे।

सोशल मीडिया पर अवतरित अनगिनत व्यंग्यकारों को देखकर जैसे हमारे पसीने छूटने लगे। शनैः शनैः उनका व्यंग्य-बाण हमें नश्तर चुभाने लगा।

शर्मा जी बोले - ''का हुआ नरेश बाबू?''

नरेश बाबू - ''कुछ नहीं शर्मा जी; ज़माना तेजी से बदल गया... हम परसाई को पढ़ते रह गए, यहाँ कौन-सा व्यंग्य लिखा जा रहा है, जे तो कभी हमने सीखा ही नहीं। जलेबी और रबड़ी भी साथ में खाई है; यह कौन-सी मिठाई बाजार में आयी है?''

शर्मा जी - ''जाने दो नरेश बाबू, हम पुरानी हड्डी हैं... आजकल भोजन नए - नए रूप में परोसा जाता है; अब नयी हवा को बहने दो... वह लीक से हटकर कुछ करती है, जे हमारी पकड़ के बाहर है।

नरेश बाबू - ''सही कहत हो यार शर्मा, मिठाई खाते-खाते पता ही नहीं चला इसके अंदर खिचड़ी भरी है; चलो किसी हीरे तो ढूँढ़कर तराश जाय; हमें भी अपनी विरासत नव पीढ़ी को देकर आगे बढ़ानी हैं।''

नए चेहरे तलाशते हुए कई तस्वीरों पर नजर ठहर गयी। यह कल के शैतान बच्चे, जो अशुद्ध भाषा में कवितायें लिखा करते थे, आज के सफल व्यंग्यकार बन गए। कल तक जो मसखरी करते थे, आज आसमान का सितारा हैं। ऐसा कौन-सा ज्ञान का सागर मिल गया है, जिसमें डुबकी

लगाते ही लोग गगन के सितारे बन जाते हैं।

आभासी दुनिया का व्यंग्य परिसर ऐसा था, जिसमें हर जगह व्यंग्य के झंडे फहरा रहे हैं। देश तो 15 अगस्त को आजाद हुआ। साहित्य जगत में सबको अपने विचारों को व्यक्त करने की आजादी है। गणेश जी चूहे की सवारी करते हैं, लेकिन चूहा भी कुतरने में माहिर होता है। हमारी तलाश ऐसे कई चूहों पर जाकर ख़त्म हुई, जिन्होंने शब्दों की कुतरन को अपने नामों के साथ फहरा रखा था। सोशल मीडिया में आजकल व्यंग्य के कीड़े फैले हुए हैं; जिसे देखो व्यंग्य का झंडा हाथों में लिए आजादी का जशन मना रहा है। देश को आजाद हुए कई वर्ष बीत गए, किन्तु जोड़ो और तोड़ो की नीति, अपने नए-नए अवतार में हमारे सामने अवतरित है। लोगों का व्यंग्य पढ़ते-पढ़ते आँखें बोझिल होने लगीं। व्यंग्य तो नहीं मिला, लेकिन अलीबाबा और चालीस चोरों के नए अवतार के दर्शन पाकर धन्य हो गए।

चाय का कप हाथों से चिपक गया। मुँह का निवाला न निटका गया न थूका गया। हर तरफ वाहवाही थी। इक दूजे को पछाड़ने की होड़... व्यंग्य की घुड़दौड़। ऐसी घुड़दौड़, जिसमें व्यंग्य, धूल में नहाकर चारों खाने चित्त पड़ा हुआ था। मगरूरता हर जगह व्याप्त थी। ऐसे में अगर परसाई जी होते तो न जाने क्या करते।

चलो यार शर्मा जी, तनिक चाय पकौड़े खाने बाहर चलें; हम पुरानी हड्डियों में वह बात कहाँ जो प्रदूषित हवा में साँस ले सकें।

हाँ नरेश बाबू, जमाना वाकई बदल गया है; आज की यह घुड़दौड़ न जाने कहाँ जाकर ख़त्म होगी... व्यंग्य के घोड़ों को चिराग लेकर ढूँढ़ना होगा। हरिओम!

9.

हास्य-व्यंग्य लेखन में महिला व्यंग्यकार और पुरुष व्यंग्यकार का अंतर्विरोध

कमाल है! जहाँ विरोध ही नहीं होना चाहिए, वहाँ अंतर्विरोध ही अंतर्विरोध है।

कहने को तो हम आधी आबादी हैं; भगवान शिव तक अर्धनारीश्वर कहलाते हैं, पर पार्वती के पिता ही उसे अग्निकुंड पहुँचा देते हैं। शायद मतलब निकालने के लिए ही हमें हृदयेश्वरी का संबोधन दिया जाता है। किन्तु जब मन और दिमाग की परतें खुलनी शुरू होती हैं, तो बद दिमागी को उजागर होते देर नहीं लगती।

यह एक कड़वा सच है कि समाज ने महिला को एक कमजोर लता मान लिया है... ऐसी कमजोर लता, जिसका अस्तित्व, वृक्ष के आधार के बिना संभव नहीं है। विवाह के बाद पत्नी को अर्धांगिनी कहते हैं; लेकिन महिलाओं को कदम-कदम पर बाँध दिया गया है। बचपन में पिता व विवाह के बाद पति को परमेश्वर मानने का आदेश एवं उनके परिवार, यानी पूरे कुनबे को अपना सब-कुछ न्यौछावर करने की अपेक्षा। ऐसे में महिलाएँ

अपनी अभिव्यक्ति को आकार देने के लिए चूल्हा चक्की के बीच कलम उठाती भी हैं, तो उन्हें अजूबे की तरह देखा जाता है; लेकिन हम आठवाँ अजूबा नहीं हैं; हम हैं तो आप हैं।

व्यंग्य तो कदम-कदम पर बिखरा पड़ा है। हमारे व्यंग्यकार बंधुओं को व्यंग्य खोजने बाहर देखना पड़ता है, किन्तु हमें बाहर जाने की आवश्यकता नहीं है। विषय वैविध्य की कमी नहीं है। पुरुष जहाँ पूरा का पूरा व्यंग्य है, तो हम महिलाएँ व्यंग्य को जीती हैं आप कहीं भी देखें, हर जगह महिलाएँ व्यंग्य के घेरे में है। महिलाओं के ऊपर फिरकेबाजी होती रहती है। तिलमिलाहट व्यंग के रूप में बाहर आती है। जब महिला व्यंग्यकार छपने जाती है, तब तर्क-वितर्क की रेखा, समय रेखा, चुनौती की रेखा ..... सभी का सामना करना पड़ता है। महिलाओं को इतनी बाधाएँ हैं, कि उन्हें व्यक्त करना भी एक व्यंग्य आलेख ही होगा। एक अघोषित लक्ष्मण-रेखा खिंची हुई है... लेकिन इसके लिए महिलाएँ भी कम जिम्मेदार नहीं हैं। तन मन से पूर्ण समर्पण किया है। जो लाभ न उठा सके वो मानव कैसा? इसीलिए नारी, सीमित दायरे में कैद होकर अपनी उड़ान भरती है। उसे स्वयं को अपने मन की इस जकड़न से मुक्त करना होगा; अपनी भाषा में ही नहीं, अपने व्यक्तित्व को ही नया तेवर देना होगा।

हर तरफ सवाल ही सवाल है। आज हम सवालों से घिरे हैं। व्यंग्य में महिलाओं की स्थिति क्या है? महिला व्यंग्यकारों को क्या व्यंग्य जगत में वह स्थान मिला है, जो पुरुषों को हासिल है? आज की महिला व्यंग्यकार कहीं व्यंग्य बनकर न रह जाये। काश! आप लाजबाब होते तो हम भी कुछ जवाब होते।

हुआ यूँ कि एक संगोष्ठी में जब शिरकत करने का मौका मिला, तब भी यही अंतर्विरोध खुलकर सामने आ गया। कई साथी व्यंग्यकारों को महिला व्यंग्यकारों की उपस्थिति नागवार गुजरी। कुछ महिलाओं को व्यंग्य के क्षेत्र में अपना नव-लेखन दिखाने का मौका मिला, लेकिन अंतर्विरोध वहाँ भी कायम था। इतनी सारी महिलाओं में किन्ही भी साथी व्यंग्यकारों को कोई सम्भावना नजर नहीं आई, यह अंतर्विरोध नहीं तो क्या है। कोई बच्चा जब चलना सीखता है, तो पहले गिरता है, फिर कदम साधकर चलना

सीखता है; नवजात शिशु चल नहीं सकता है। नवांकुरों को सदैव इस तरह के मापदंडों से गुजरना होता है।

एक मुहावरा है - ''समझदार आदमी दोस्तों के कन्धों का इस्तेमाल करना जानता है; लेकिन व्यंग्य जगत में कोई किसी का दोस्त नहीं होता।'' इसलिए कहीं हम व्यंग्यकार इतना खुशफहम और आत्म-मुग्ध हो जाते हैं कि हम साहित्य को भी नहीं बख्शते। कहते हैं साहित्य मर्यादित होता है; तो हम लेखक क्या उस मर्यादा को दरकिनार कर सकते हैं? हम साहित्य की विधियों में पाले खींच रहे हैं। हास्य को व्यंग्य के आस-पास नहीं देखना चाहते हैं। व्यंग्य शाश्वत है, उसे संकुचित घेरे में डालने का फतवा देने में लगे हैं, यह क्या उचित है? व्यंग्य में अंतर्विरोधों के चलते व्यंग्य का विकास रुकने लगा है। व्यंग्य, आलोचना में नहीं समेटा जा सकता है; व्यंग्य, साहित्य में नमक का कार्य करता है। व्यंग्य एक नमक ही है, जो साहित्य की हर विधा में उसका स्वाद बढ़ाता है, गुदगुदाता है। अधरों पर मुस्कान चाहिए, तो व्यंग्य से बेहतर कोई मिठाई नहीं है। हम यही आशा व उम्मीद करते हैं, कि इन अंतर्विरोधों को नज़रअंदाज करते हुए, हम मिलकर व्यंग्य के नए आयाम खोलेंगे।

10.

सम्मान

आजकल जगह-जगह अखबारों में भी चर्चा है, फलाँ फलाँ को सम्मान मिलने वाला है... और हमारें फलाँ महाशय भी बड़े खुश हैं। वे अपने मुँह मियाँ मिट्ठू बने जा रहे हैं। एक ही गाना बार - बार गाये जा रहे हैं... हमें तो सम्मान मिल रहा है ...।

सम्मान न हुआ जैसे ताजमहल हो गया। भाई सम्मान मिल रहा है तो क्या अब तक लोग आपका अपमान कर रहे थे? लो जी लो, यह तो वही बात हो गयी, महाशय जी ने पैसे देकर सम्मान लिया है और बीवी गरमा गरम हुई जा रही हैं।

ये 2 रुपए के कागज के लिए इतना पैसा खर्च किया; कुछ बिटवा को दे देते, हमें कछु दिला देते... पर जे तो होगा नहीं।

हास्य-कवि से शादी करके जिंदगी बर्बाद हो गयी। दिन भर कविता गाते रहते हैं; लोग भी वाह-वाह करने, फालतू में कवि बुला लेते हैं। कविता से घर थोड़ी चलता है। अब जे सम्मान का हम का करें? आचार डालें! हाय री किस्मत! कविता सुन-सुन पेट कइसन भरिये...

अब क्या किया जाए? कवि महोदय अपने सम्मान को सीने से चिपकाए फिर रहे हैं। फिर बीवी रोये, मुन्ना रोये, चाहे जग रोये या हँसे, इससे कुछ फर्क नहीं पड़ेगा; क्यूँकि भाई, कविता की जन्मभूमि यह संवेदनाएँ ही तो हैं।

संवेदना के बीज से उत्पन्न कविता वाह-वाह की कमाई तो करती ही है। प्रकाशक रचनाएँ माँगते हैं, प्रकाशित करते हैं। कवि की रचनाएँ अमिट हो जाती हैं, कवि भी अमर हो जाता है; पर मेहनताना कोई नहीं देता। फिर एक कवि का दर्द कोई कैसे समझ सकता है? उदर की आग, कविता की वाह वाही नहीं बुझा सकती है। वाह रे कविता सम्मान!

11.

पहचान!

वाह! अपना लँगोटिया यार कितना बड़ा आदमी हो गया है। जानी मानी हस्ती है। हमें कैसे भूल सकता है? जब उसके बुरे दिन थे, तब हमने कितनी मदद की थी। महाशय, दम्भ में भरे हुए अपने बचपन के सखा से मिलने गए; साथ में एक दो - चम्मच को भी ले गए। थोड़ा रॉब झाड़ दिया जाए, अपनी तो गाड़ी निकल पड़ेगी।

पर वहाँ तो चमचों की लाइन लगी पड़ी थी। अब गुड़ की ढेली आ गयी है तो मक्खियाँ भी भिनभिनायेंगी।

ऐसे में इन महाशय को कौन पूछता; पर महाशय आज मिलने के विचार का साफा पहनकर ही बैठे थे।

बड़े-बड़े कद वाले दोस्त आये, सबसे मिले।

फिर महाशय से कहा - ''कहो भाई कैसे आना हुआ, क्या काम है?''

महाशय बड़े खुश- ''अपने यार ने पहचान लिया। पीठ पर धौल मारकर गले लग गए, ''यार केशु कैसा है?''

पर यह क्या - ''अरे! अरे! कौन हो भाई, यह क्या कर रहे हो? जरा-सा मीठा क्या बोल दिया, सर पर बैठे जा रहे हो!''

तुम मुझे नहीं पहचान रहे; कैसे भूल सकते हो? ''महाशय अचकचा गए।''

तुम जैसे लोग बेवकूफ होते हैं। जब काम था, अब काम ख़त्म; हमसे फ़ायदा उठाने की सोचना भी मत... तुमने काम किया तो हमने भी तुम्हारा काम किया, हिसाब बराबर, नाता खत्म...

कड़कती आवाज ने निर्देश दिया- ''चौकीदार! आगे से ध्यान रखना, ऐसे लोग अंदर नहीं आने चाहिए।''

चढ़ते सूरज को हर कोई सलाम करता है।

12.

पैदा होने का सबूत

कई दिनों से विदेश घूमने की इच्छा प्रबल हो रही थी। बेटा विदेश में था, तो सोचा हम भी विदेशी गंगा नहा लें। सुना है विदेश जाने के लिए कई पापड़ बेलने पड़ते हैं; तरह-तरह के रंग-बिरंगे कार्ड लगाकर टिकिट कटता है। पासपोर्ट - वीजा बनवाने के लिए हमने भी अपनी अर्जी लगा दी।

बेटे ने हाथ में लिस्ट थमा दी - ''बापू यह सब जमा करना होगा; पैन कार्ड, आधार कार्ड, आवास कार्ड, जन्म कार्ड... न जाने कितने कार्ड।''

जैसे इतने सारे कार्ड किसी विदेशी एटीएम की कुंजी हों; उसे लगाने के बाद इंसानी ज़मीन में आप कदम रख सकते हैं।

हमने स्वयं अपने काम का बीड़ा उठाया। सब-कुछ मिला, लेकिन जन्म प्रमाण-पत्र का दूर-दूर तक पता नहीं था। माँ-बापू ने भी कभी ऐसा कार्ड नहीं बनवाया। पहले यह सब कहाँ चलन में था। आज तक कहीं जन्म कार्ड का काम ही नहीं पड़ा। पहले के जमाने में बच्चे के जन्म पर मिठाइयाँ बाँटी जाती थीं, तो गाँव भर को पता लग जाता था, कि बच्चा हुआ है। हमने बहुत उत्साह से नगर निगम में अपनी अर्जी लगा दी। विदेश जाने की राह में

कोई रोड़ा नहीं होना चाहिए।

''प्रणाम चौबे बाबू! यह हमारी अर्जी है।''

चौबे - ''ठीक है राम लाल, फॉर्म भर दो; दो चार दिन में सर्टिफिकेट ले जाना।''

दिल बल्ले-बल्ले हो गया। नयी सरकार में तेजी से काम हो रहे हैं; लेकिन चार दिन बाद, मानो घड़ा पानी हमारे सर के ऊपर पड़ा।

चौबे - ''भाई राम लाल जन्म प्रमाण-पत्र नहीं मिल सकता है; यहाँ पुराने दस्तावेज जल चुके हैं।''

हुआ यूँ कि एक बार शहर भर में दंगा हुआ; दंगे में नगर निगम में भी आग लग गयी, गत कुछ वर्ष के दस्तावेज उस आग में स्वाहा हो गए। बदकिस्मती से हमरा जन्म भी उसी वर्ष में हुआ था। उन वर्षों के दस्तावेजों की राख हमें मुँह चिढ़ा रही थी। अब तो गयी भैंस पानी में! आग दस्तावेजों को लगी और पानी मैं पी रहा हूँ। विगत दो वर्षों से अपने जीवित होने का साक्ष्य ढूँढ़ रहा हूँ। 12वीं पास होने का पुख्ता सबूत लेकर नगर निगम की चौखट पर चप्पल घिस रहा हूँ, लेकिन बात नहीं बनी। फाइल एक टेबल से दूसरे टेबल घूम रही है। कभी साहब नहीं मिलते, तो कभी फाइल नहीं मिलती। एक सर्टिफिकेट की वजह से विदेशी गंगा नहाने का काम खटाई में पड़ता नजर आ रहा था, लेकिन हम मुस्तैदी से अपने विकेट पर तैनात थे। कुछ भी हो, सर्टिफिकेट बनवाना है। मन में कीड़ा लग गया, कि जन्म प्रमाण-पत्र के बिना, क्या हमारा अस्तित्व एक प्रश्न-चिन्ह बन सकता है।

सरकारी दस्तावेजों की बात ही निराली होती है;जो सामने है उसे सिरे से नकारते हैं, जो नहीं है उसे प्रेम से पुचकारते हैं। जब से सरकार नए नियम कायदे लेकर आयी है, कायदे भी होशियार हो गए हैं। जीता-जागता इंसान नहीं दिख रहा, बेचारे को मुर्दा घोषित करने पर तुले हैं। लेकिन हम हार मानने वालों में से नहीं हैं। फिर पूरे जोश के साथ नगर निगम की चौखट पर पहुँच गए... लेकिन इस बार वकील को साथ लेकर गए।

आज कुर्सी पर चौबे जी मूँछों को ऐसे ताव दे रहे थे, जैसे ग्लू से

चिपकी मूँछ कहीं पोल न खोल दे। मुख से टपकती धूर्तता, चेहरे का नूर बनकर अपनी आभा बिखेर रही थी। पान चबाने के दिन भी बीते। अब पान खिलाने का नया शऊर चल रहा है।

''चौबे जी नमस्कार!''

''नमस्कार, भाई राम लाल, कैसे हो?''

''जिन्दा हैं और जिन्दा होने का सबूत ढूँढ़ रहे हैं''

''काहे मियाँ लाल - पीले हो रहे हो''

''का कहें, दो वर्ष बीतने आ गए, हमारा जन्म प्रमाण-पत्र नहीं बन रहा''

'' भाई हमने ऊपर बात की है; कुछ जानकारी व दस्तावेज दिखाओ, तब हम कार्ड बना देंगे... जैसे कहाँ जन्म हुआ, माता-पिता जी की शादी का प्रमाण-पत्र; तुम्हारा जन्म किसने करवाया, कहाँ हुआ, दायी ने जन्म करवाया या अस्पताल में? माता-पिता कौन-से घर में रहते थे... सभी जानकारी ...वगैरह।''

''अब यह जानकारी कहाँ से लाएँ? जन्म प्रमाण-पत्र हमें बनवाना है, दस्तावेज माता-पिता के माँगे जा रहे हैं, घोर अनर्थ है। दिमागी घोड़े जितना दौड़ें उतना भी कम है। माँ-बाबू परलोक सिधार गए। किराये के घर में रहते थे। अब वह डाक्टर भी कहाँ हैं? दायी भी होगी तो मर गयी होगी... झूठ तो नहीं बोलेंगे।''

''देखिये यह सरकारी कार्यवाही है, हमें करनी पड़ती है।''

''चौबे बाबू काहे मजाक करत हो; हमरी उम्र देखकर कुछ तो सोचो, अब सभी को परलोक से बुलाएँ का? माँ बाबू की शादी का प्रमाण आपके सामने बैठा है और आप क्या फिजूल बातें कर रहे हो... अरे साहब, हमारी मार्कशीट है, उसी को देखकर जन्म प्रमाण-पत्र बनवाकर हमें कागजों में जिन्दा कर दें। हम जिन्दा होने का अहसास लेना चाहते हैं, वर्ना आत्मा यूँ ही भटकती रहेगी।''

''क्या करें राम लाल, सरकारी खाना पूर्ति करनी होगी; कुछ कोशिश करेंगे, अब जरा कुछ पान भी खिला दो।''

''ससुरा, मन हो या न हो, हथेली कभी भी खुजलाने लगती है। पिछले दो वर्ष से पान खा-खाकर होंठ लाल हो गए, लेकिन कागज पर दो अक्षर भी लाल नहीं हुए ...!''

खिन्न मन से जेब में हाथ डाला, तो बेचारी ऐसी फटी, कि जो कुछ फँसा हुआ था, वह भी बाहर छन्न करके गिर गया। उम्र के इस मोड़ पर खुद को जीवित देखना अब हमारी जिद बन गयी थी। बाहर जाने के लिए जाने कितने पापड़ बेलने शेष थे। इधर वकील साहब भी बस जलेबी खाकर खिसका देते हैं। आजकल फ़ोन पर ही टरकाने लगे... हमारी नगर निगम में पहचान है, काम करवा देंगे, चार दिन बाद मिलना।

चार दिन जैसे चार बरस जैसे बीते। दस्तावेजों के अभाव में नगर निगम ने प्रमाण-पत्र देने से इंकार कर दिया। साथ ही नॉन एक्सिस्टेंस सर्टिफिकेट जारी कर दिया, कि फलाँ फलाँ व्यक्ति फलाँ सन् में पैदा हुआ, जिसका ब्यौरा यहाँ मौजूद नहीं है।

अब हमें काटो तो खून नहीं। लोगों ने सलाह दी, कोर्ट जाओ हिम्मत मत हारो। फिर नियति की मार के चलते कोर्ट में केस करने के बाद चप्पलें घिसघिस कर बदल गयीं, लेकिन हम कागजों पर अजन्मे ही रहे। तारीखें बदलती रहीं, उम्र छलती रही। हम सीधे-सादे बेचारे सरकारी दाँव-पेंच में ऐसे फँसे, कि खुद को मुर्दा घोषित कर दिया। खुद को आईने में देखकर डरने लगे, जैसे कोई भूत देख लिया हो। अजन्मे होने का खयाल मन को खाने लगा है। दिल के दरवाजे पर जंग वाला ताला लग गया है।

राह चलते ऐसा प्रतीत होता है जैसे कि मैं वह भटकती आत्मा हूँ, जिसे इंसान, प्रश्न-वाचक निगाहों से देख रहे हैं। न घर का, न घाट का। मैं वह बहता पानी हूँ, जो न जाने कौन-से दरिया में जाकर मिलेगा।

सरकारी दफ्तर में खुद को तलाशता हुआ अजन्मा प्राणी; एक रुका हुआ फैसला। इस फैसले के इन्तजार में कहीं फ्रेम न बन जाऊँ। हाँ भाई, सरकारी दस्तावेजों के अभाव में मेरे जन्म को सिरे से नकार कर, जैसे मुझे

प्रेत-योनि में भेज दिया है।''

कहावत है - 'न नौ मन तेल होगा न राधा नाचेगी।' राधा का पता नहीं, पर तेल की धार जरूर हवा का रुख देखकर बहने लगी है। तेल भी जब बाती के संग हो, तब उसका जलना नियति है। बेटा तो पहले ही विदेश में मग्न था; अब उसने भी तेल डालना बंद कर दिया।

मदद करना तो दूर की बात है, कहने लगा कि - ''बापू हिम्मत रख, सब अच्छा होगा।''

अच्छे का तो पता नहीं, लेकिन वकील - कोर्ट और सरकारी दफ्तरों के बीच, मैं जरूर घुन की तरह पिस रहा हूँ। कभी-कभी खयाल आता है कि जन्म प्रमाण-पत्र नहीं है; तब किसी को मेरा मृत्यु प्रमाण-पत्र लेने की आवश्यकता नहीं पड़ेगी। जब कागजी जन्म नहीं हैं, तब कागजी मृत्यु कैसी?

हमारे पड़ोसी शर्मा जी के भाई को परलोक सिधारे हुए करीब एक वर्ष बीत गया। उनकी आत्मा मृत्यु प्रमाण-पत्र हेतु भटक रही है, क्यूँकि परिजन सरकारी अफसरों की जेब व दस्तावेजों की पूर्ति करने में असमर्थ थे।

उम्र के इस पड़ाव पर मैंने घुटने टेक दिए। अजन्मे होने के साथ खुद की तस्वीर पर मृत्यु प्रणाम-पत्र न लगाने की अंतिम ख्वाहिश भी चिपका दी। हृदय, भटकती रूह से भी नाता तोड़ने को बेकरार है। विदेशी गंगा तो नहीं, हमने देशी गंगा नहाकर ही खुद को धन्य कर लिया। आप कभी हमसे मिलना चाहो, तो हमारी रूह खुद को कागजों में तलाशती मिल जाएगी। अजन्मा होने की पीर, जन्में होने की पीड़ा से कहीं ज्यादा प्रबल है। कोई यदि हमसे मिलना चाहे तो हम वहीं नगर निगम की चौखट पर या सरकारी दस्तावेजों में खुद का वजूद ढूँढ़ते मिल ही जायेंगे। सरकारी दस्तावेज में उलझकर मेरी आत्मा चीख-चीख कर कह रही है, ''मैं मुर्दा नहीं!''

13.

झूठ का पुलिंदा

कभी-कभी लगता है, कलयुग का नामकरण करना ही उचित होगा। जैसे सतयुग वैसे ही झूठ युग। सतयुग में भी सभी सत्य नहीं बोलते थे; लेकिन वर्तमान में तो लोग झूठ का पुलिंदा बगल में दबाये फिरते हैं... जैसे ही कोई मिला उसे चिपका दो। आजकल हमें रोज ही ऐसे पुलिंदों को जमा करने का मौका मिल रहा है। क्या करें, ज़माने के साथ चलना हमारी फितरत है। हमें तो दादी माँ की कही बात याद है- 'झूठ बोले कौवा काटे।' तो डर के मारे कभी झूठ नहीं बोला। काले कौवे से भी चार हाथ दूर रहे। वैसे भी कौवा काला ही होता है। झूठ को जरूर सफ़ेद झूठ कहते सुना है।

आज तक उसे समझ नहीं सके, कि झूठ के भी रंगभेद हैं। अब समाज मे झूठ इतना व्याप्त है कि आखिर कौवा भी कितनों को काटेगा। अब समझ में आया, बेचारे कौवे नजर क्यों नहीं आते हैं। वह आदमी को क्या काटेंगे? आदमी ही उनकी डाल को काटकर सेंध लगाकर बैठा है।

आजकल झूठ सुन-सुनकर कान पक गए। कल की बात है, हमने नल सुधारने वाले को फोन घुमा-घुमा कर निमंत्रण दिया। जवाब मिला -

"आज शाम को आता हूँ।" लेकिन वह शाम नहीं आयी। घर का पानी जरूर ख़त्म हो गया। काम के लिए बाई को बुलाया। अभी आयी, कहकर दो दिन निकाल दिए। समझ नहीं आता, शाम और अभी का वक़्त लंबा हो गया है या घड़ी के काँटें वक़्त के अनुसार बदल गए हैं। अब तो ऐसा लगता है, बाजारवाद भी झूठ पर ही टिका हुआ है। हर जगह झूठे चमकीले विज्ञापन। खरीदने पर गारण्टी की बात करो तो सफ़ेद झूठ कहते हैं- 'एक नंबर का माल है।' आजकल माल भी द्विअर्थी हो गया है। अपना दिमाग लगाओ तो झट पलटवार। क्या मियाँ, "यहाँ जिंदगी का भरोसा नहीं है, आप सामान की बातें करते हैं; अब सत्य क्या है समझ नहीं आता है।"

झूठ, पानी में नमक की तरह घुलकर खून में मिल गया है। अब खून से कैसा बैर करना। वह भी रंग में रँग गया। पहले झूठ पकड़े जाने पर लोगों के चेहरे फक्क सफ़ेद हो जाते थे; आजकल पहले ही खूब सारे मेकअप से सफ़ेद रहते हैं। अब चमड़ी झूठ से मोटी हो गयी। चोर नजरें घूमती थीं; आज नजर भी नजर को घुमा देती है। वाह! चलचित्रों से बाहर असल जीवन में अब अभिनय बहुत होने लगा। झूठ पकड़ने की मशीन पर चोरों ने विजय हासिल कर ली है। जैसे मच्छरों ने गुडनाइट पर और कॉकरोचों - चीटियों ने लक्ष्मण रेखा पर विजय हासिल की है। आखिरकार, मेरा भी कौओं से डर समाप्त हो गया है।"

झूठ का क्या कहना... कौवे की जगह झूठ उड़ने लगा है। झट से उड़कर कहीं भी पहुँच जाता है, एक पल में तिगुना हो जाता है। हाल ही में एक चर्चा हो रही थी, साइकिल के साथ दुनिया भी दौड़ेगी; लेकिन बाद में पता चला, साइकिल के कलपुर्जे ही अलग हो गए। हर जगह झूठ मुस्तैदी से तैनात है। जनता भी जानती है। सफ़ेद कपड़ों में सफ़ेद झूठ बोला जाता है; सफ़ेद झूठे वायदे किये जाते हैं; फिर भी हम उसी झूठ में सत्य युग को तलाशते हैं। पार्टियों के अध्यक्ष आरोप-प्रत्यारोप करते हैं, फिर बड़े आत्मविश्वास से कहते हैं, सभी आरोप झूठे हैं। अब कौन सच्चा कौन झूठा? सत्य तो बाहर नहीं आता व झूठ, जलेबी की तरह खाकर पचा लेते हैं। बाथरूम में रेनकोट पहनकर नहाना नया मुहावरा बन गया है। ऐसा भी कभी संभव है? शायद यही कलयुग है। इसे कहते हैं सफ़ेद झूठ।

मुझे तो वही दादी माँ के ज़माने की बात याद है- कोई झूठ अच्छे कार्य के लिए बोला जाये तो वह झूठ नहीं होता है। आजकल हमें भी झूठ बोलने में बहुत आनंद आने लगा है। इसका भी अपना मजा है। हमारे एक संपादक मित्र हैं; हम दोनों अच्छी तरह जानते हैं कि हम एक दूजे से पहले झूठ बोलते हैं।

वह कहते हैं- ''रचना भेजो, अंतिम तारीख है।''

हम भी बहुत प्यार से सफ़ेद झूठ बोलते हैं- ''रचना भेज दी; बेचारी रचना घूम फिर कर दो-तीन दिन में पहुँचती है।''

यही झूठ काम करने पर मजबूर करता है। फिर हमने भी मान लिया, अच्छे कार्य के लिये बोला गया झूठ, झूठ नहीं है। हम सच्चे ही हैं। प्रतीत होता है कि झूठ का भी अपना मजा है। झूठ बोलते जाओ, जब पकड़ने का भय लगे तो मुस्कराकर झूठ बोलो। शर्मा जी की पत्नी भी जानती हैं कि उनके पति ज्यादातर झूठ ही बोलते हैं, फिर भी बेचारी, पति के झूठ को सच मानकर जीती हैं। गृह-युद्ध नहीं चाहिए। जलेबी - इमरती सब पचा लेती हैं। इस बार उन्होंने आईने के सामने खुद को देखा, तो सफेदी बगल से झाँक रही थी। तब हमारे टीवी पर चमकते झूठे विज्ञापन ने उन्हें जवान होने का रास्ता दिखा दिया। पतिदेव ने तो आज तक हुस्न की तारीफ नहीं की। राह देखते-देखते उम्र बीत गयी। केश काले करने के चक्कर में और सफ़ेद हो गए। क्रीम भी बेचारी कितना असर दिखाती... सफेदी तो अपना असर दिखाएगी। आईना भी झूठ बोल गया। आईना हमें खूबसूरत कहता है तो हम खुश हैं। मुझे लगता है कलमकार ही सत्य बोलता है। हमसे तो झूठ न बोला जाये। जहाँ कुछ गलत देखा तो झट से लिख दिया। विसंगतियों के खिलाफ लिखना आदत है। यदि इतने ही समझदार होते तो झूठ क्यों बोलते। इसका आनंद तो गोता लगाकर ही महसूस कर सकते हैं। झूठ बाबा की जय हो!

14.

हिंदी की चिन्दी

हिंदी दिवस की तैयारी पूरे जोश-खरोश के साथ की जा रही थी। आज कल हर वस्तु छोटी होती जा रही है... मिनी कपड़े। मिनी वस्तुएँ। हर वस्तु छोटी और मानव बड़ा। मानव, कद से या कर्म से कभी बड़ा हुआ है? यह शोध का विषय है। जब भाषा की बात आती है; तो अपनी भाषा अपनी है। छेड़-छाड़ करना हमारा जन्मसिद्ध अधिकार है। लोगों को अपनी ही भाषाओं के साथ छेड़-छाड़ करके, शब्दों को तोड़-मरोड़कर जो विजेता-सा अहसास होता है, वह आठवें अजूबे से कम नहीं है आज कल लोग हिंदी की चिन्दी बनाकर हवा में लहरा रहे हैं। एक दुःस्वप्न की तरह हिंदी की चिन्दी रात भर हमें तड़पाती है, जैसे वर्ष में एक दिन लोग झंडा-वंदन करके दूसरे दिन उसे जमीन पर बिलखता छोड़ देते हैं... यह दुःखद सत्य है। उसी तरह हिंदी दिवस आते ही लोगों को उसकी महिमा का अहसास होता है व लोग उसका महिमा-मंडन करने लगते हैं।

पड़ोस में रहने वाले जैन साहब स्वयं को किसी पुरोधा से कम नहीं समझते हैं। हिंदी तो माशा अल्लाह... जो भी मिला उसे प्रेम से एक चिन्दी चिपका दी। जो दूर से प्रणाम करे, उसे भी चिन्दी के गोले फेंक ही देते हैं।

आज की सुबह शर्मा जी के लिए शामत लेकर आयी। हुआ यूँ कि सुबह-सुबह सैर को निकले शर्मा जी का रास्ता, जैन साहब ने काट दिया और बोले- ''तोंदू कहाँ चले! लो जी, मानवीय सभ्यता का सुबह-सुबह क़त्ल हो गया।''

यह तो शर्मा जी का हृदय ही जानता है, कि कितना तड़पा; फिर भी खोटी मुस्कान के साथ बोले - ''जय हो तोंदू के मित्र।''

जैन ''क्या हुआ शर्मा जी, काहे बिलबिला रहे हो गन्नू?''

अब शर्मा जी गणेश से कब गन्नू बन गए, उन्हें पता ही नहीं चला। नाम का कचूमर करना तो आम बात है। हमारे चारों तरफ इस तरह के चलते फिरते पुर्जे नजर आते हैं। जिसे देखो वह अपनी-अपनी चिन्दी की दुकान खोलकर बैठा है।

''हिंदी के लिए ऐसा कहना ऊँट के मुँह में जीरे के समान है। आज नेट पर अहिन्दी भाषी भी हिंदी सीखकर हिंदी के पुरोधा बन गए हैं। जिसे देखो हिंदी की थाली सजाकर परोस रहा है। यह अलग बात है कि कर्ता काल और अलंकार, थाली से गायब होते जा रहे हैं। लोग इसी खुशफहमी में हैं कि हिंदी विश्व-भाषा बनने की ओर अग्रसर है। हिंदी के पुरोधा हिंदी की बढ़ती जनसंख्या देखकर हैरान हैं। फिर भी हिंदी के लिए जी जान से जुटे हुए पुरोधाओं की कमी नहीं है। इसी कार्य हेतु वर्मा जी को सम्मानित किया गया।''

कहतें हैं न दूर के ढोल सुहावने। जब से वर्मा जी सम्मानित होकर आए हैं, हिंदी को छोड़ अँग्रेजी को मुँह से लगाए फिरते हैं।

हुआ यूँ कि समारोह में हिंदी भाषा में विशिष्ट कार्य करने हेतु वर्मा जी शामिल हुए। खालिस हिंदी के पुरोधा ने सोचा वहाँ भी अपना रंग जमाएँगे; किन्तु वहाँ का परिदृश्य कुछ इस तरह था।

निर्णायकगण व अन्य कविराज भी आमंत्रित थे। लंबा-चौड़ा कार्यक्रम था। सरकारी महकमे कुर्सी की शोभा बढ़ा रहे थे। भव्य आयोजन था। बहुत-सी गोलाकार कुर्सियाँ सम्मानीय विद्वज्जनों हेतु सजाई गयी थीं।

खाने-पीने का खालिश इंतजाम था। किन्तु वर्मा जी मुँह खोलते, उसके पहले विलायती मेम, अंग्रेजी धड़धड़ाते हुए समारोह का आकर्षण बन चुकी थी। वर्मा जी अपनी शान में कुछ कहने की हिमाकत करते, उन्हें एक चिन्दी चिपका दी गयी - ''भैय्या आराम करो, खुशियाँ मनाओ; हिंदी में कार्य करने हेतु सम्मानित किया जा रहा है।'' शर्मा जी शर्म से पानी-पानी हो गए। हिंदी के तथाकथित पुरोधा, हिंदी की जगह अंग्रेजी में गुटरगूँ कर रहे थे। हिंदी की चिंदियाँ हवा में उड़ रही थीं। अंग्रेजी मेम की गिट-पिट शर्मा जी के मुँह में ताला लगा गयी। इसे कहते हैं भैय्या, रंग लगे न फिटकरी फिर भी रंग चोखा। दूर के ढोल सुहावने ही लगते हैं।''

15.

चोर की दाढ़ी में तिनका

मुस्कराईये कि आप फेसबुक पर हैं। गुनगुनाइये कि आप फेसबुक पर हैं। कुछ हसीन लम्हे कुछ चंचल शोखियाँ; कहीं नखरा, कहीं गुमानियाँ। एक सपना, जो जीवन को हसीन बना रहा है... कहीं ख्वाब जगा रहा है। कहीं दिल सुलगता है, कहीं आग जलती है तो रोटियाँ भी सिंकती हैं। जिंदगी तेरे बिना कुछ भी नहीं... दुनिया इतनी हसीन होगी कभी सोचा न था। एक नशा जो नशा बनकर होश उड़ाता है, तो कहीं होश जगाता है। देखा जाये तो यह चोर है दिल का चोर, जो आपका चैन लूटकर खुद चैन की साँस ले रहा है। एक ऐसा चोर, जिसकी दाढ़ी में तिनका भी है... कहीं चोर की दाढ़ी में कहीं तिनका तो नहीं!

शर्मा जी आज सुबह से छत को नापने में लगे हुए थे। कदमों की मार से छत बेहाल थी। शर्मा जी के हाल - बेहाल होने के कारण का यूँ तो कुछ पता नहीं था, किन्तु शर्मा जी की पत्नी की जासूसी निगाहें कुछ ज्यादा ही गोल घूम रही थीं। दिमाग ताड़ गया था दिल में कहीं आग सुलग रही है, कहीं कुछ खिचड़ी पकी है... नहीं तो पूरी दाल ही काली है। आग में घी डाला तो स्वयं के हाथ जलने का भय था, किन्तु पत्नी जी ने शर्मा जी के पेट

की आग बुझाकर उसे रबड़ी बनाने का मन जरूर बना लिया था; नहीं तो यह आग उन्हें भी झुलसा सकती थी। रसोई से भजिये तलने की खुशबू बड़ी-बड़ी उड़ानें भर रही थी। पड़ोस के वर्मा जी की नाक, कुत्ते की तरह उस खुशबू के पीछे लग गयी। आज सुबह से छत नापने की आवाज से सारे कमरों में जैसे तबले की थाप सरगम बजा रही थी... तिस पर रसोई से शर्मा जी की पत्नी की गुनगुनाहट अपना हाल, खुशबू के संग भेजकर जैसे सीने पर नश्तर चला रही हो।

पड़ोस के वर्मा जी से रहा नहीं गया तो पूछ बैठे- ''क्या हुआ शर्मा जी! क्यों बेचारी की छाती पर मूँग दल रहे हो? भाभी जी कुछ खास तैयारी कर रही हैं; जाओ भाई, मजे करो... हो सके तो एक प्लेट हमें भी धीरे से सरका देना, ससुरी जबान से रहा नहीं जा रहा है।''

शर्मा जी - ''क्यों, मन में कोई लड्डू फूट रहा है? लड्डू न हुआ जैसे कोई बम हुआ; यह आग तुम्हारी ही लगायी हुई थी, तुम्हारी लार टपक रही है... अरे! भागवान की नज़रें किसी पुलिस वाले की दी हुई जागीर हैं, झट रपट लेने लगेंगी।''

वर्मा– ''काहे का हुआ? काहे लाल पीले हो रहे हो; आज किसी से बात नहीं हुई का? जाओ तनिक एक दो लाइन छाप दो, सब मूड अच्छा हो जायेगा, हमरा साथी फेसबुक पर है ना!

शर्मा जी- ''बस करो नामाकूल! काहे इस बुढ़ापे में तारे दिखा रहे हो; अरे, तुमने भरी जवानी का फोटो लगाकर हमें अपने दिन याद दिला दिए तो हमने भी दिल को जवान कर लिया।''

वर्मा जी– ''तो क्या हुआ, जिंदगी अंतिम साँस तक जिओ; दिल जवान तो हम जवान।''

शर्मा– ''अरे साँस वाँस छोड़ो, हमारी तो साँस निकलना बाकी है; सुनने में है कि फेसबुक का सारा चाट और मसाला ओपन हो जायेगा... वैसे भी राज कब था? मसाले का आनंद लेने हेतु कई सिपाही मिसाइल के साथ तैयार हैं, कई कारावास में जाने के भय में गुम हैं। चोर की दाढ़ी में तिनका। अब क्या होगा कालिया! सबको चाट की प्लेट हाथ में थमा दी जाएगी, तब

खूब खाना... ससुरी चटोरी जबान।''

वर्मा – ''हमें कलिया बोला, भक...! ऐसा क्या किया जो दुम दबाकर भाग रहे हो? जरूर कुछ घोटाला किया होगा। तुम्हरे साथ हमरी भी नाक ख़राब हो जाएगी... किसने कहा था इधर-उधर मुँह मारो, जीभ लपलपाओ।''

शर्मा– ''बस भी करो; जाओ जाओ... बड़े आये ब्रेड पर मक्खन लगाकर खाने वाले; ऐसा कुछ नहीं कहा... दो शब्द प्रेम की जलेबी खा ली तो जुर्म हो गया।

वर्मा– ''तनिक उम्र का तो खयाल रखा होता! दुनिया गोल है; अब भजिये खा लो, अच्छे से तल गए होंगे।

शर्मा जी जैसे ठंडे पानी से नहाकर बाहर आये हों। का करें, पत्नी शेरनी की तरह खूँखार दहाड़ मारती है। दूर से बैठकर जलेबी खा ली, तो शुगर की बीमारी भी इन फेसबुकियों को लग गयी है।''

किन्तु हम का करें; फेसबुक ही तो कहत रहा– कि अँखियों से गोली मारो। जब भी खोलो, ससुरा भक से कहता था –

''अपने मन की कुछ बात लिखो; आपकी यादें हैं? कुछ कहो, सो हमने कह दिया।''

हमरे देश में यही होता है... कोई बार-बार कहे, कुछ लिखो, कुछ कहो, तो मान रखना पड़ता है; हमने भी उसका मान रखा, इसमें हमरी का गलती है। हमें बचपन से यही सिखाया गया है, सबका मान करो, सो हमने कर दिया। अब दिल उमंगों से भर गया तो हम झूठ थोड़े ही बोलेंगे; झूठ बोलना पाप होता है; हमने पाप थोड़े ही किया है। मासूम से बच्चे का दिल है, अब चोर-सिपाही का खेल खेलने लगा है। तौबा है, जो आगे से जो इसके साथ पान खाया; फिलहाल चलो अब भजिये खा ही लेते हैं।

देखें अब फेसबुक क्या नए गुल खिलाता है? हमने भी सोच लिया जो होगा सो होगा; जब कहेगा कुछ लिखो, तो लिख देंगे– चोर की दाढ़ी में तिनका।

16.

क्यों न बहाएँ उलटी गंगा

भाई कलयुग है। सीधा चलता हुआ मानव हवा में उड़ने लगा है, टेढ़े-मेढ़े रास्ते सीधे लगने लगे हैं। पहले घी निकालने के लिए उँगली टेढ़ी की जाती थी, आज उँगली सीधी नहीं होती है। सरलता के सभी उपाय असफल हो गये हैं। जूता सर पर चढ़कर राज करता है, टोपी हाथ में बैठी मक्खी को मारने और हवा करने के काम आती है। जब दुनिया उल्टी-पुल्टी हो रही है तो भाई क्यों न हम उलटी गंगा बहाएँ?

आजकल देश में आरक्षण की गोली बहुत प्रसिद्ध है। अंग्रेजी दवाइयों की इस देशी दवा के सामने क्या मजाल है, जो सर उठा सकें। उच्च दर्जे की दवा भी चुल्लू भर पानी माँग रही है। देशी दवा, आरक्षण ने जैसे सभी के पाप गंगा बनकर धो डाले हों। हमारे कर्णधार इस गोली का सदुपयोग करते रहते हैं। भाई प्राण जाये पर कुर्सी न जाए की तर्ज पर ढोल-नगाड़े बज रहे हैं।

गोली खुले हाथों से बाँटी जा रही है। आरक्षण का आनंद, जहाँ देने वालों को उत्साहित कर रहा है, वहीं इसे खाने वाला खाकर टुन्न है। आनंद

की पराकाष्ठा कण-कण में अपना प्रभाव दिखा रही है। आरक्षण कोटा आज हिमालय के शीर्ष पर विद्यमान है और कोटे के खिलाड़ी उस चोटी का पूर्ण आनंद ले रहे हैं। हिमालय में गंगोत्री हमेशा शीर्ष से बहकर नीचे आती हैं... भ्रष्टाचार की गंगोत्री भी शीर्ष से बहती है; तो आरक्षण की गंगोत्री नीचे से ऊपर क्यों बहती है? आरक्षण, सिर्फ निचली सतह से ऊपर की सतह तक पहुँचाने का प्रयास क्यों है?''

गंगोत्री की धारा, चोटी से नीचे तक आकर सबकी प्यास बुझाती है; लेकिन हमारे यहाँ आरक्षण की गंगा उलटी बह रही है। आरक्षण का पानी नीचे से ऊपर कैसे सफलतापूर्वक चढ़ सकता है? न्यूटन का सिद्धांत यहाँ कार्य नहीं कर रहा है। यह नया सिद्धांत शायद कलयुगी न्यूटन ने ईजाद किया होगा।

आरक्षण का उल्टा रास्ता सफल कैसे होगा, यह शोध का विषय बन सकता है। आरक्षण की धारा जब लागू की जा रही है, तो वह समान रूप से वितरित क्यों नहीं है? आरक्षण करना ही है तो समान रूप से उसे नियम कायदे में बाँध दीजिये। कोटे के मरीज का इलाज कोटे के डाक्टर से करवाएँ। धान्य- सब्जी मंडी, बिजली-पानी, नौकरी-शादी, अस्पताल, रोजमर्रा की वस्तुओं के साथ-साथ हवा को भी आरक्षित करें। कायदा तो यही कहता है कि आरक्षित लोग, आरक्षित जगह से राशन पानी लें; अनारक्षित, अपनी सेवा टहल अनारक्षित जगह से कर लें। वह दिन दूर नहीं है, जब ताज़ी सब्जी, आरक्षित कोटे के लिए व बासी सब्जी अनारक्षित के लिए सुरक्षित होगी। सेकेंड हैंड सीट और पुराना ग्रेड का माल अनारक्षित के लिए उपलब्ध होगा। आरक्षित, चमचमाती रौशनी से नहाएँगे व अनारक्षित का भविष्य जनरल डिब्बे में खुद को तलाश कर रहा होगा। बीमारी भी आरक्षित होनी चाहिए... उसे भी अपना कोटा देखकर मानव का चुनाव करना होगा। जैसे शुगर, हृदयघात जैसी बीमारी का पेटेंट बनाकर उसे कोटे में फिक्स करें। शिक्षा में, सेवा में, अभियंत्रण में, सेतु-निर्माण तक में आरक्षण है, तो लोकसभा अध्यक्ष, राष्ट्रपति, पीएम, सीएम की कुर्सी पर भी आरक्षण क्यों नही है?

क्या वह किसी और दुनिया से सम्बन्ध रखते हैं? मंत्री, लोकसभा-

सदस्य, प्रधानमन्त्री, राष्ट्रपति, सांसद और कानून आदि भी आरक्षण के घेरे में आने चाहिए; आरक्षण तब ही सफल होगा एवं गठबंधन मजबूत।

हाल ही में शिक्षा के लिए बच्चे का दाखिला करवाना था, तो ज्ञात हुआ आरक्षित कोटा भरने के बाद ही आपकी सुनवाई होगी। हम नियम-कायदे से बँधे हुए हैं... आपका बच्चा भले ही उच्च अंकों से पास हुआ है, किन्तु हमें तो आरक्षित सीट ही भरनी है, भले ही अंक न्यूनतम क्यों न हों। बात यहाँ सिर्फ आरक्षण की है; लेकिन उसमें भी एक कोटा आधी आबादी के लिए रखा गया है; जहाँ आधी आबादी तो गायब ही है। क्यूँकि कली को फूल बनने से पहले तोड़ने का रिवाज आदिकाल से बदस्तूर चला आ रहा है; कलयुग में रावण की संख्या भी असीमित होकर सीता-हरण के लिए कदम-कदम पर अपना जाल बिछा रही है। हमें ऐसा प्रतीत हुआ जैसे हम सजा-याफ्ता मुजरिम हैं, कोर्ट में पेशी के बाद ही फैसला होगा। कोटे को कोटा कहना भी गुनाह माना जाने लगा है। कब धारा 420 लग जाए और हम सरकारी मेहमान बनें।

भारत में कोटे की ऐसी मिसाइल तैयार होंगी, जो भविष्य का तख्त पलटने और चाँद को जमीं पर लाने की क़वायद कर सकती हैं। हवा भी इजाजत लेकर कहेगी, कोटा देखकर साँस लो और जाति देखकर श्वास - उच्छ्वास करो।

आरक्षण कोटे को आरक्षण ने अलीबाबा का चिराग दे दिया है, जिसे रगड़-रगड़ पर हर ख्वाहिश मिनटों में पूरी हो जाती है। तभी तो देश में उलटी गंगा बहेगी। गंगा में उठने वाला तूफ़ान, हिमालय की चोटी पर जाकर कौन-सा चित्र बनाएगा?''

वैसे पूरे भारत को ही कोट पहना देना चाहिए। भविष्य में भारत आरक्षण कोटे के नाम से प्रसिद्ध होगा और वह दिन दूर नहीं, जब आरक्षित कोटे वाले इतने समर्थ हो जायेंगे कि अनारक्षित लोगों को आरक्षण का कोटा बाँटने लगेंगे। फिर उलटी गंगा बहने लगेगी। हर कोई अपनी मूँछों पर ताव देने लगेगा। वे भी, जिनके मूँछे हैं और वे भी, जिनके मूँछें नहीं हैं। बस दिक्कत में वे ही रहेंगे, जिनके पेट में दाढ़ी है। तो बोलो- ''आरक्षण बाबा की जय हो!''

17.

जंगल में मंगल

इस साल दशहरा मैदान पर रावण जलाने की तैयारियाँ बड़े जोर-शोर से की जा रही थीं। पहले तो कई दिनों तक रामलीला होती थी, फिर रावण दहन किया जाता था। अब काहे की रामलीला व काहे का रावण... अब तो बस जगंल में मंगल है। रामभरोसे के भरोसे, सारा रावण दहन हो जाता है। रामभरोसे नाम का ही नहीं, काम का भी राम भरोसे है। पंडाल का काम हो या जनता की सेवा, राम भरोसे के बिना पत्ता नहीं हिलता है। हर बार जेबें गर्म, मुख में पान का बीड़ा रहता था, किन्तु इस बार उसके माई-बाप आपस में गुथम-गुथम कर रहे थे। बड़े बेमन से वह रावण दहन के कार्य में हिस्सा ले रहे थे। मित्र सेवक राम से रहा नहीं गया बोले– ''भाई इतने ठंडे क्यूँ हो, क्या हुआ है?''

राम भरोसे - ''अब का कहें, देश में रावण राज्य ही चल रहा है; जिसे देखो, जब देखो, हर पल गुटर गूँ करता रहता है।''

सेवक राम- ''क्यूँ भाई क्या हुआ?''

राम- ''अब पहले जैसी बात कहाँ है; दशहरे पर यह मैदान बहुत

गुलजार रहता था, रामायण के पात्र समाज को अच्छा सन्देश देते थे। राम हजारों में थे तो रावण एक था। कलयुग में राम ढूँढ़ने से भी नहीं मिलते हैं। सबरे के सबरे रावण है। कल तक हम राम भरोसे थे; अब सारा दूध पी लिया और रामभरोसे को राम के भरोसे ही छोड़ दिया।''

सेवक- ''हाँ भाई सच कहत हो; देखो राम जी तो चले गए, लेकिन कलयुग के रावण, राम मंदिर के नाम पर आज भी अयोध्या जलाते हैं।''

राम- ''और नहीं तो का, जनता की कौन सोचत है? सभी अपना-अपना चूल्हा जलाते हैं और अपनी-अपनी रोटी सेंकते हैं... धुआँ तो जनता की आँखों में झोंका जात है।''

इतने वर्ष हो गए, हमने कोई जात-पात नहीं मानी; सभी धर्म के लिए ईमानदारी से काम किया; किन्तु अब कोई हमें पानी भी नहीं पिलाता है। आजकल काहे का रावण, काहे की माफ़ी; प्रदूषण पर बैन है, तो जाने दो। मन का रावण जला दे वही बहुत है। ऐसे कलयुगी रावण का क्या किया जाये। गाँव में काँव-काँव शुरू रहती है। शहर में धम्म - धम्मा -धम्म। ऐसी मौज-मस्ती, जैसे अपने घर के बगीचे में टहल रहें हों और घर के बर्तन बाहर जाकर नगाड़ा बजाते हैं। ई दशहरा भी कोई राजनीति होगी। सब धर्म के नाम फरमान जारी होंगे। कुछ लाला अपना कन्धा सकेंगे, थोड़े बर्तन बजायेंगे और डॉक्टर नयी फ़ौज को जमा करने के लिए तैयार रहेंगे। लो जी हो गया दशहरा। जब राम ही रावण बनकर आपस में लड़ रहे हैं तो जीतने वाला भी रावण ही होगा। बस, हाल होगा तो बेचारे राम भरोसे का, जो राम के भरोसे ही पेट की आग शांत करने का प्रयास करता है और अब वह न घर का रहा है न घाट का।

कलयुग है तो कलयुग के राम सूट बूट वाले हैं; वह अपनी सेना को नहीं, खुद को ही ज्यादा देखते हैं। त्रेता युग में जो हो गया, सो हो गया; आज वह राम से रावण बने। वह वनवास जाते नहीं हैं, अपितु विभीषण को भेज देते हैं... आखिर वही तो आया था उनके पास भोजन माँगने।

अब कोई त्योहार पहले जैसा नहीं रहा। घर में बैठकर दो चार घंटे टी.वी. देख लो, अभासी दुनिया घूम लो, ट्विटर से जवाब तलब कर लो;

मन गया दशहरा। फिर काहे इतना पैसा एक रावण को जलाने में लगायें। लाखों लोगों को पेट भर कर खाना खिला दें तो पुन्य मिलेगा। इस देश में न जाने कितने विभीषण अभी भी हैं, जो त्रेता युग के राम भरोसे ही अपना जीवन धर्म निभा रहे हैं।

18.

फेसबुकी फेसलीला

हम पुनः चलते हैं फेसबुक की हसीन वादियों में। मैंने आपसे वायदा किया था, आपको फेसबुक की गलियों में जरूर घुमाएँगे। हर रंग की तरह यहाँ भी अनेक रंग बिखरे हुए हैं। अजी तीज त्यौहार तो निकल गए, किन्तु यहाँ के त्यौहार समाप्त ही नहीं होते हैं। जैसे-जैसे दशहरा पास आ रहा है, यहाँ की गलियाँ राम के नाम से सराबोर हैं। भारी- भरकम शब्दों के साथ राम का गुणगान, शबरी के जूठे बेर, रावण का दहन; हमें त्रेतायुग के दर्शन कराता है। सारी रामलीला इस आभासी दुनिया में सिमट जाती है। किन्तु यहाँ की रामलीला जैसी रामलीला कहीं नहीं होती है।

कौन कहता है त्रेता युग मिट गया... वह तो भारी भरकम शब्दों का शृंगार करके यहाँ जीवित है। लोग अपना ज्ञान भर–भर कर, शब्दों को ढूँढ़कर, सजाकर, वजनदार प्रस्तुति करते हैं। किन्तु फिर भी यह कलयुग है जहाँ सब कुछ संभव है। एक तरफ राम नाम, तो दूसरी तरफ राम के भेष में रावण। चित्रपट के बदलते रंगों की तरह यहाँ हर पल रंग बदलती मृगतृष्णा है।

रामलीला का अर्थ भी यहाँ बदलकर कलयुगी फेसलीला हो गया है। हाल ही समाचार-पत्रों में पढ़ा कि कई महिलाएँ भी इस आभासी दुनिया के कलयुगी रावण के झाँसे में आकर घर छोड़कर चली गयीं; फिर जल्दी ही सुबुद्धि खाकर, सुबह का भूला शाम को भटक कर घर वापिस आ गया। यह नयी रामलीला के तोते समझ से परे हैं। कलयुग में राम कहाँ; रावण से भरी रामलीला है। यहाँ सीता का अपहरण नहीं किया जाता है, अपितु कई सीता खुद-ब-खुद काल का ग्रास बनने को तैयार रहती हैं। अब कौन समझाए, यह त्रेता युग नहीं कलयुग है भाई, यहाँ तो रोज रावण जन्म लेते हैं, रोज ब्लॉक किये जाते हैं... चुनावी हार हो या राजनीति हार... इसके बाद का वनवास निश्चित होता है।

किन्तु फिर नयी सुबह, नयी-नयी राजनीति को गरमाने के लिए तैयार रहती है। यहाँ कौन राजा है, कौन रंक, ज्ञात ही नहीं होता। हर रोज नयी चमक, नयी कहानी नित रोज गरमाती है; कहीं सुबकियाँ, कहीं आजादी अपने रंग दिखाती है। संवाद के तीर हों या त्योहारों की आवाजाही; कमरे की चार दीवारों से खुली छोटी-सी खिड़की के बाहर दुनिया की रंगीनियाँ छिपी हुई हैं। इस कलयुग में इस रंग के बिना जीवन बेरंग हैं। छद्म भेष में यहाँ रोज रावण मिलेंगे। हमारे एक महान कहे जाने वाले तथाकथित सीधे सादे इंसान ऐसे राम बनते हैं कि बिना उनकी सीता के वह कुछ नहीं हैं; वहीं दूसरी तरफ छिछोरी हरकतें जारी हैं। बेहतर है, यहाँ शब्द-बाणों से किसी और को आहत करने की जगह खुद के भीतर का रावण दहन किया जाये। जय श्री राम!

19.

मूर्ख दिवस

आज सुबह से मन उतावला हो रहा था। बच्चों की ऊधम पट्टी से यह समझ आ गया, कि कल 1 अप्रैल है। भला हो बच्चों का, नहीं तो अपनी बैंड बजना तय थी। बच्चे ऐसा मौका हाथ से नहीं जाने देते हैं। घर वाले घर में भी टोपी पहनाना नहीं भूलते हैं। आज शर्मा जी बड़े जोर-शोर से टहल कदमी कर रहे थे। भाई, बचपन में खूब अप्रैल फूल बनाया और बने भी... पर कहते हैं कि इंसान कितना भी बड़ा हो जाये, बच्चों वाली हरकतें करना कभी नहीं छोड़ता। पहले हाफ निक्कर पहनकर मूर्ख बनाते थे, अब फुल पैंट पहनकर मूर्ख बनाएँगे। यह बात अलग है कि मुख में पान गिल्लौरी दबाए मियाँ कैसे नजर आते हैं।

बच्चे तो बच्चे, बाप रे बाप! बड़ों को भी चस्का लगा हुआ है। शर्मा जी यही सोचत रहे का करें कछु तो करन ही पड़े। इस बार मोबाइल से अंतरजाल पर बेवकूफ बनाएँगे। कौन ससुरा हमें जानत है, जो हमारे घर कदम-ताल करके आवेगा। वइसन भी आजकल सबरे त्योहार सिमटकर कमरे में बंद हो गये हैं... बस उँगलियाँ मोबाइल और लैपटॉप पर चलते - चलते सभी त्योहार मना लेती हैं। मूर्ख- दिवस मनाना भला किसे पसंद नहीं

होगा। व्यस्त जिंदगी में रस घोलती अनुभूतियाँ, लोगों की प्यारी - दुलारी बन जाती हैं। यह किसी त्योहार से कम नहीं है।

''अहा! 1 अप्रैल जैसे अपने अरमान पूरे करने का दिन। इस दिन का इन्तजार हर छोटे-बड़ों को रहता है। एक ही तो दिन होता है, जब जो चाहे वह करो; यानि किसी को भी मूर्ख बनाओ, कोई कुछ नहीं कहेगा। यह मूर्ख बनाने का लाइसेंस जो प्राप्त हो गया है। हाँ मूर्ख बनने वाला जरूर झेंप जाता है कि लोगों को ज्ञात हो गया कि वह भी बेवकूफ है। इसके एवज में कोई क्रोध में लाल पीला होता है, तो कोई खिसियानी बिल्ली की तरह खम्भा नोचते नजर आता है। हँसने-हँसाने का यह दिन यानि 1 अप्रैल, जिसे दुनिया मूर्ख दिवस के नाम से जानती है।''

एक अप्रैल का दिन सभी के लिए खासम-खास है। भाई, दिमाग को कितनी मशक्कत करनी पड़ती है। मजाल है... एक दाँव छूटा तो दूसरा तैयार। किसे कैसे बेवकूफ बनाया जाये। कहीं यह न हो कि दाँव ही उल्टा पड़ जाये और हम खुद ही अपने खोदे हुए गड्ढे में गिर जायें।

कैसे कहें, कि यदि लोगों को मूर्ख नहीं बनाया तो खुद के पेट में दर्द होने लगेगा। आखिर मूर्ख बनना और बनाना हमारा जन्मसिद्ध अधिकार है। मूर्ख बनाने का लाइसेंस। यह बात पल्ले नहीं पड़ी कि मूर्ख-दिवस मनाने की ऐसी क्या जरूरत आन पड़ी है? क्या मूर्खों को देश में कोई स्थान दिलाना है या उनका आरक्षण करवाना है? कोई कानून पास करना है या मूर्खों की सरकार बनाना है। वैसे भी सभी, कहीं न कहीं मूर्खतापूर्ण कार्य जरूर करते हैं। तो यह कहना उचित होगा कि सभी के अन्दर एक मूर्ख विद्यमान होता है। किसी के मन में भी यह खयाल क्यूँ नहीं आया कि मूर्खों को भी आरक्षण दिलाना चाहिए? आखिर वह भी इसके हकदार हैं।

मन का उत्साह हिलोरें मार-मार कर तन को रोमांचित कर रहा था। हम भी सोच रहे हैं, इस बार कुछ अलग किया जाये। क्यों न मीडिया के बादशाह फेसबुक या ट्विटर पर कुछ लिखकर लोगों में हल्ला बोल कराया जाए। मोदी राज है, सभी को पूरी आजादी है। जनता भी हाईटेक बनने वाली है। गाँव-गाँव में इंटरनेट और मोबाइल हर आदमी को शहर से जोड़ देंगे। फिर कहाँ गाँव, कहाँ शहर। सब एक ही डोर से बँधे हुए रस्सी खींचेंगे

कभी-कभी खयाल आता है कि एक मूर्ख सम्मलेन की तैयारी की जाय। मूर्खों का यह सम्मलेन रोमांचकारी अनुभव होगा। यह सम्मलेन पहले दूरदर्शन पर और हर शहर में मनाया जाता था। हमरे गाँव में भी होता है। जो विजेता बना उसे जूते - चप्पल की माला पहनाकर सम्मानित किया जाता। शहरी हाईटेक संस्कृति को यह सब नहीं भायेगा। आखिर वक़्त बदल गया है। इसीलिए कुछ अलग करना चाहिए। दिमाग के घोड़े दौड़ाकर तय किया, कुछ मिर्च-मसाला लिखकर दुनिया को ही मूर्ख बनायें। जितने ज्यादा लाइक और कमेंट्स आएँगे, उतना ही हमारा खून बढ़ जायेगा और हम मूर्खों के बादशाह कहलायेंगे।

मूर्ख-दिवस हमारी संस्कृति की देन नहीं है। इस दिवस को लेकर कई अवधारणाएँ प्रचलित हैं। रोम के लोग 1 अप्रैल को नव-वर्ष के रूप में मनाते थे। किसी ने उस दिन का कैलेंडर स्वीकार किया, तो किसी ने उस कैलेंडर को अस्वीकार कर दिया। कहा जाता है कि लोगों को बेवकूफ बनाने के लिए राजा – रानी ने अपनी शादी की तारीख 32 मार्च करने की घोषणा की थी, तभी से इस दिन को मूर्ख-दिवस के रूप में मनाया जाता है।''

यह भी मजेदार है किसी मूर्ख को कह दो कि तुम मूर्ख हो, तो बेचारा आँखें फाड़-फाड़ कर ऐसे देखेगा, जैसे हमरे दिमाग का स्क्रू ही ढीला हो गया हो। वैसे ही, जैसे किसी कुत्ते को कुत्ता कहना कुत्ते अपमान है। ऐसा महसूस होता है जैसे हम गाली दे रहे हैं। भले ही बेचारे कुत्ते को भी पता नहीं होगा कि कुत्ता कहना गाली होती है। बेचारा कुत्ता भी न जाने किस बात की सजा भुगत रहा है। अच्छा भला आदमी की वफादारी करता है और ईनाम के रूप में बेचारे कुत्ते का नाम ख़राब कर दिया।

मसखरी करने का यह दिन सभी खुले मन से स्वीकारते हैं। ज्ञात है 1 अप्रैल है तो बुरा भी नहीं लगेगा। जैसे बुरा न मानो होली है, वैसे ही बुरा न मानो मूर्ख दिवस है। हँसी-ठिठोली का यह मजेदार दिन किसी को नुकसान नहीं पहुँचाता है। मौज-मस्ती का भरपूर आनंद। किसी की शर्ट पर लिखा है, हिट मी – तो बेचारे को जाकर मार दिया।

चॉकलेट के रैपर में पत्थर रख दिया तो अप्रैल फूल, आनंद उठाने के लिए रसगुल्ले और मिठाई में लाल मिर्ची भर दिया, फिर लाल-पीले होने

का आनंद लिया। रात हमने सड़क पर 100 रुपए के नोट पर काल-धागा बाँधकर सड़क पर रख दिया। जो बेचारा लालच का मारा, उठाने का प्रयत्न करता, तो अपना धागा खींचकर बेचारे के सामने प्रगट होकर, हँसी का फव्वारा छोड़ दिया। बेचारा मिस्टर एक्स, खुद की नजर बचाकर दुम दबा लिया। थोड़ा झूठ बोला, थोड़ा परेशान किया और कह दिया अप्रैल फूल! चलो कोई तो फूल खिला है। लाल, पीले और नीले- गुलाब नहीं, गोभी के फूल नहीं यह तो अप्रैल के फूल है। जो भरी जेठ में भी गुदगुदाने का आनंद प्रदान करते हैं।

थोड़ा झूठ बोला, थोडा परेशान किया और कह दिया अप्रैल फूल! यह गोभी का फूल नहीं, गुलाब के फूल भी नहीं; ठहाके के ऐसे फूल, जो ताउम्र यादों में महकते रहते हैं। मूर्खता हद में हो तो उचित है, किन्तु आजकल हद पार करके बेहद कुटिल और उद्दंडतापूर्वक ठिठोली होने लगी है। मूर्खता के पर्याय क्या हैं? शायद हँसी ठिठोली। उद्दंड लड़कों द्वारा लड़कियों की अस्मिता के साथ छेड़खानी और अंत में कह देना अप्रैल फूल। इसी प्रकार कई लोग अपने दुश्मन को परेशान करने के लिए उनके परिचित की अप्रिय घटना की सूचना देते हैं, जिससे उस व्यक्ति का धन समय और मन सभी ख़राब हो जाते हैं। ऐसी मूर्खता समझ से परे है। किसी की जिंदगी के साथ खिलवाड़ करना उचित नहीं है। लोगों द्वारा अप्रिय घटना को अंजाम देना मूर्ख दिवस के नाम पर धब्बा है।

वैसे 1 अप्रैल अवकाश दिन नहीं होता है, इसीलिए काम के तनाव बीच भावनाओं के साथ थोड़ी-सी हँसी -ठिठोली, थोड़ा-सा मजाक और थोड़ी गुदगुदी। देखें तो नमूनों के कमी नहीं है। मूर्खता कहाँ-कहाँ है? यह हर जगह व्याप्त है। पति-पत्नी ने तो शायद कभी न कभी इस ख़िताब से एक दूजे को जरूर नवाजा होगा। एक छोटी-सी मूर्खता-पूर्ण गलती, मूर्ख-दिवस के मटके में एक-एक कंकड़ जमा करती है। तैयार होते हैं हँसी के गुब्बारे। दीवानों-मस्तानों की टोली, भरी जेठ में खिलाने आयी मूर्खों की बोली। बोलो मूर्खों व मूर्ख दिवस जिंदाबाद!

20.

नव वर्ष का जश्न

नया वर्ष चुपके से हमारे जीवन में शामिल हो गया है और बेचारे गुजरे साल के माथे पर सदा की भाँति काला टीका लगा दिया गया। अच्छा वक़्त तो किसी ने नहीं देखा, किन्तु बुरा वक़्त माथे की बिंदी बनाकर चमक रहा है। बीते साल को लोग ऐसे भूले, जैसे गधे के सर से सींग। हर कोई आलाप ले रहा है। नया वर्ष, मस्ती के जाम, गीतों के नाम। लेकिन समस्या बेचारी ज्यों की त्यों, नव वर्ष में भी अपना मुँह खोलकर खड़ी है। नव वर्ष आने से, समस्या जीवाश्म नहीं हो सकती है। बाजारवाद कायम ही रहेगा। समस्या का निदान छोड़कर नए वर्ष की रौशनी में लिपटकर जाम को छलकाना आज सर्वोपरि हो गया है।

नया वर्ष आते ही हवाओं को कुछ हो जाता है। नए वर्ष की आहट भी अब दबे पाँव आती है। आज हमने मोबाइल खोला तो देखा, नव वर्ष के सन्देश, मोबाइल की आत्मा में घुसकर हमें हिकारत की नजर से देख रहें थे। क्यूँ न हम जनवरी का पूरा महीना नया वर्ष घोषित कर देते हैं, क्यूँकि नव वर्ष में सभी लाइनें व्यस्त होती हैं, परन्तु हमारे घर के बाहर दरवाजे पर, लाइनें हाथ फैलाकर मुस्कराती है। हमें कुछ आत्मग्लानि-सी हुई; किन्तु हम

क्या करें... नया वर्ष है तो क्या टेलीफोन बिल नहीं आयेगा? दूधवाला दूध के पैसे नहीं लेगा? या राशन पानी का दिवाला निकलने से बच जायेगा। महँगाई, नया साल देखकर पीछे हट जाएगी? न... हमें तो ऐसा प्रतीत होता है जैसे हम निठल्ले ही रह गए। नए वर्ष की किसी भी मित्र व परिजनों को बधाई न देने के कारण कंजूस का ताज पहन लिया। राह चलते जो मिला, खुद ही नए वर्ष की नयी मुस्कान चिपका दी।

आज भी वह दिन याद है, जब बीते वर्ष, नया वर्ष आने में पूरा आधा महीना शेष था; फिर भी फ्री के सन्देश का आनंद जैसे ईश्वर में रमने जैसा सुख प्रदान कर रहा था। आज महँगाई के समय में कौन पैसे खर्च करना चाहेगा। आज सरकारी सेवाएँ भी बहुत होशियार हो गयी हैं। ख़ास मौकों पर वह फ्री सेवा बंद कर देती हैं। इंसानी प्रवृत्ति ऐसी ही होती है; अपनी थाली को छोड़कर दूसरे की थाली में छप्पन भोग नजर आता है।

मोबाइल व टेलीफोन की सभी कम्पनियाँ आपस में प्रतिस्पर्धा शुरू कर देती हैं. यह भी नटनियाँ बनकर ग्राहकों को नचाती रहती है।

नए वर्ष में पुराने से जब बुद्धू बक्से को खोला, हर जगह नया वर्ष दिवाली की तरह मनाया जा रहा था। दिवाली में बचे हुए पटाखों का अच्छा सदुपयोग हो गया। कइयों की जेब गर्म हो गयी। बाजारवाद आज सच में खूँखार वाद बन गया है। जिसे देखो, मौके पर चौका लगाना नहीं भूलता। खास मौकों पर जेब ढीली करने के फरमान चुपके से जारी हो जाते हैं। यह तो नया वर्ष है, कुछ नया होना ही चाहिए। सोच नयी, विचार नए, कर्म नए, जुल्म नए... लिस्ट बनानी प्रारम्भ करें तो कागज ख़त्म हो जायेगा।

वैसे आज तक यह समझ नहीं आया, बड़े - बड़े स्टार नया साल कैसे मनाते हैं, यह तथाकथित हमारे बुद्धू बक्से को नजर आता है; किन्तु गरीब ने नया साल कैसे काँपते हुए मनाया, यह कौन कहेगा। चोर नजरें भी ऐसी हैं... मुफ्त की आँख सेंकने का मौका कोई नहीं छोड़ता है।

वैसे आतंकी शामें रात के गहन सन्नाटे में फिर कोई कहानी लिखेंगी। सुबह उठकर उस कालिख को सुनहरी रश्मियों से धोने का प्रयास करती हैं। नए साल के पन्नों में कुछ नया अंकित होगा, कुछ पुराना उधड़ा हुआ

सिलने का प्रयत्न किया जायेगा। वैसे नया तो हुआ है। आज सज्जनता ने कटुता का अंगीकरण कर लिया है। रोज-रोज के तमाशे से एक बार ही काम तमाम कर लेते हैं।

हमने सोचा, जमाना बदल गया है, हम क्यों नहीं बदले? टेक्नोलॉजी के समय में बाबा आदम के ज़माने की सोच बेवकूफी है। नया मोबाइल खरीद लेते हैं। पर सोच का क्या करें... गत वर्ष बच्चे एक की जगह 4 मोबाइल खरीद चुके हैं और जल्दी ही वह सभी मोबाइल रिटायर हो गए थे। नया साल, बाजारवाद के लिए भी उतना ही महत्वपूर्ण होता है। हमने अपनी साँसें गहरी लेकर कुछ कहना चाहा कि पहले से तैयार जवाबी लिफाफा खुल गया। यूज़ एंड श्रो का जमाना है डैड। लो जी, पापा - बाबा से कब डैड बन गए पता ही नहीं चला। वक़्त कब किसे यूज़ एंड श्रो करे। हम सँभल जातें हैं। उससे पहले हम कुछ नया कर लेते हैं। जेब ढीली करके नए वर्ष के नाम जश्न मना ही लेते हैं।

ये मन का क्या करें, बार- बार जबान पोहा- जलेबी के लिए लपलपा जाती है। अइसन जश्न के बिना कैसा नया साल। पानी का रंग बदल गया। दूध कुछ पतला हो गया। फल तरकारी, जी भर रसायन पीकर अपना रंग बदल रही है। सरकारी टट्टू रास्ता बदलकर विदेशी रास्तों पर चहलकदमी का विचार सार्थक करने का जतन कर रहे हैं। महामहिम दुबई न जायें तो कैसा नया साल? हम तो वही अपनी सूखी गंगा जी के किनारे जी भर कर पोहा जलेबी खाएँगे।

हमने नए वर्ष में लोगों को नया होते भी देखा है। शांत रहने वाले हमारे रमेश बाबू अपने मुँह मियाँ मिट्टू बन गए। तोते के मुँह में ऐसी जबान आई कि राम के बगल में छुरी आ गयी। नए साल को भी ज्ञात नहीं हुआ। कलयुग बीत गया, सतयुग भी बीत गया। लगता है धर्मयुग शुरू हो गया है। धर्म युग में विचारों का ऐसा घमासान युद्ध हुआ कि राम ने स्वयं के रावण होने का फतवा जारी कर दिया। खैर अच्छी-अच्छी बातें, अच्छे- अच्छे विचार, अपनी सीधी राह पर चलते हुए नया अध्याय लिखेंगे। गत वर्ष के लेखा-जोखा, गुणा-भाग के बाद गाड़ी पुनः पटरी पर आ जाएगी; फिर एक नयी सुबह के इन्तजार में।

21.

बिन माँगी सलाह

बिन माँगी सलाह हमारे देश में कभी भी कहीं भी मिल जाती है। कौन से दो पैसे लगेंगे। वैसे भी लोगों को मुफ्तखोरी की आदत पड़ी हुई है। मुफ्त की सलाह देने व लेने वालों की कमी नहीं है। कोई मक्खी मारने बैठा है, तो पौ बारह हो जाते हैं। जैसे बकरा हलाल करने का सुनहरा मौका मिल गया। लो जी समय भी कट गया, दुःख - सुख भी बाँट दिए। सलाह पर अमल करना न करना लोगों की मर्जी। लोग सदा चिन्दियाँ उधेड़ने के लिए तैयार हैं। आखिर कुछ तो करना चाहिए। सबको उम्दा माल दो टके में चाहिए होता है। कहीं भी सेल लगी, भीड़ उमड़ने लगेगी। माल बेचने वाला भी खुश, लेने वाला भी खुश। वैसे भी हमारे देश में सेल पढ़कर ही दिल बल्लियों-सा उछलने लगता है। कमोबेश यही हाल बिन माँगी सलाह का भी है। हमारे एक परम मित्र हैं; बीमार हुए या कभी कुछ हुआ, तो डॉक्टर को नहीं दिखाएँगे, झट इधर-उधर दर्द का रोना रोयेंगे, मुफ्त के घरेलू नुस्खे माँगेंगे, चाहे वह असर करे या न करे। सहानुभूति और नुस्खे अपना कितना असर दिखातें है वह व्यक्ति पर निर्भर करता है।

मिसेज शर्मा अक्सर परेशान रहती हैं। कभी जी घबराना, पेट में दर्द या मन बैचेन रहना। अपना इलाज वह स्वयं करती हैं। अड़ोसी-पड़ोसी से

गप्पेबाजी और पंचायत से उनकी हर बीमारी उड़न-छू हो जाती है। निगाहें किसी-न-किसी बकरे को हलाल करने के लिए ढूँढ़ती रहती हैं। वह तो खुश है... बेचारा कोई जबरन उनके हत्थे चढ़ जाए तो उसके बीमार होने की सम्भावना बढ़ सकती है। मुफ्तखोरी का भी अपना परम आनंद होता है। वैसे भी हमारे देश में चलते-फिरते सलाह देने वाले मिल जायेंगे। भले ही आप उनसे सलाह माँगें या न माँगें। कुछ लोगों की फितरत होती है, आपको जबरदस्ती सलाह देंगे।

हाल ही में हमारे एक मित्र ट्रेन में सफर कर रहे थे। पास की सीट पर बैठे एक सज्जन उनके पीछे हाथ क्या, नहा-धोकर पीछे पड़ गया। भाईसाहब कैसे हो? भाईसाहब, चेहरा देखकर लगता है बहुत काम करते हो; आपका परिवार अच्छा है, बेटी चेहरे से होशियार दिखती है... भाईसाहब ऐसा करिए सुबह उठकर ध्यान लगाया कीजिये, मन शांत रहेगा; ध्यान प्रभु शांति देता है। हमारे मित्र वर को गुस्सा आ रहा था। जान न पहचान, जबरन गले पड़ रहे हैं। फोन पकड़कर पतली गली से निकल लिए और वापिस आकर बर्थ पर सोने का जतन करने लगे। लेकिन उन सज्जन को शायद कुलबुलाहट हो रही थी। आखिर अपना प्रवचन किसे सुनाकर महान बनें। तो जनाब ने हाथ मार कर हमारे मित्र को उठा दिया। ''भाईसाहब सुनिए!'' यार हद हो गयी। बात नहीं करनी है तब भी सुनो। फेविकोल की तरह महाशय चिपकने लगे। ऐसे सिरफिरे अक्सर मिलते रहते हैं। मित्रवर से कुछ कहते न बना। बेचारा बकरा बिन कारण हलाल हो गया।

आजकल के बच्चों को फेसबुक मीडिया पर तस्वीरें लोड करने की आदत है। हर पल की खबर वहाँ न दो तो चैन नहीं मिलता; लेकिन साथ में तारीफ के साथ मुफ्त की सलाह भी सुनो। हमारे एक परिचित थे, उनके रिश्तेदार की बेटी ने अपनी हवा में लहराती जुल्फों के साथ तस्वीर पोस्ट की और जनाब ने बिन माँगी सलाह दे दी... एकदम झल्ली लग रही हो, दूसरा फोटो लगाओ; ऐसा करो वैसा करो। हे राम! अब इन जनाब को सलाह देने के लिए किसने कहा था, जिसका जो मन होगा वह करेगा। चले आते हैं कैसे - कैसे लोग। यह तो सोशल मीडिया है, जँहाँ कुछ पसंद न आये तो ब्लॉक या डिलीट के ऑप्शन तैयार मिलते हैं; लेकिन हकीकत कड़वा

करेला भी बन जाती है, जो न निगल सकते हैं न उगल सकते हैं। दूसरों की क्या कहें, हम भी कभी लोगों को मुफ्त की सलाह देते रहते थे। यह बात अलग है कि तजुर्बे ने हमें चुप रहना सिखा दिया। बिन माँगी सलाह देना बहुतेरे लोगों की फितरत होती है।

आज सुबह-सुबह हम बगीचे में शांति का आनंद ले रहे थे; सीधे-सादे रास्तों पर भ्रमण कर रहे थे, कि अचानक पीठ पर पड़ी जोरदार धौल ने हमें ऊबड़-खाबड़ रास्तों पर गिरने पर मजबूर कर दिया। देखा तो धम्म से शर्मा जी टपक पड़े और सुबह की शांति का साइलेंसर बिगाड़ दिया।

शर्मा- ''क्या बात है मियाँ बहुत शांत, खामोश लग रहे हो।''

अरे कोई शांत रहना चाहता होगा, तभी तो खामोश हैं। किन्तु जबरन होंठो पर 32 इंच की मुस्कान चिपका बोले - नहीं, ऐसी कोई बात नहीं है।''

यह बत्तीस इंच की मुस्कान राजनीतिक होती है; सोच-समझकर अपना दाँव खेल जाती है, किसी को उसके भेद ज्ञात नहीं होते हैं... बिन माँगे भी बहुत कुछ दूसरों को दे जाती है। सामने वाला चित्त और वह पट। आज हमारी मुसीबत में काम आ गयी।

शर्मा- ''क्यों, भाभी नहीं हैं? क्या गरमा गर्मी हो गयी? बच्चे सब कुशल हैं? आजकल दुनिया में क्या - क्या नहीं हो रहा है।''

सुबह की हमारी शांति भंग करने को शर्मा जी ने अपनी रामायण व महाभारत का पिटारा खोल लिया। जाने क्यों लोगों को किसी के फटे में टाँग अड़ाने की आदत होती है। आज हम सुनने के मूड में नहीं थे। मजबूरन उन्हें चुप करना पड़ा।

'' शर्मा जी, तबियत नासाज लग रही है, आराम करना चाहते हैं।''

''अजी मियां, तो आराम करो, किसने मना किया है; हम तो तुम्हारा मन बहला रहे थे। भैय्या देखो, जब तुम्हरा जन्म हुआ था, वह दिन भी तय था... समय चक्र ऐसा ही है; नियत समय पर मृत्यु भी तय है। हर कार्य नियत समय पर होतें हैं। जीवन के चार चक्र होते हैं...।''

''बस... बस शर्मा जी, बुरा न मानो, भाई हमें हमारे हाल पर छोड़ दो; आपकी इन बातों में हमें कोई रुचि नहीं है।''

बिना उनकी तरफ देखे, हमने अपनी तशरीफ़ बढ़ा ली। उफ़! कितना दम घोटू माहौल था... एक तो हम बैचेन, ऊपर से शर्मा हमें मारने पर तुले हुए थे। आज समझ में आया, बिन माँगी सलाह देना और सुनना कैसा लगता है। हम भी तो कभी लोगों को बिन माँगी सलाह क्या, पूरा उपदेश ही दे देते थे। कुछ लोग कान पकड़ते हैं, तो कुछ लोग कान के साथ पूरा सर ही पकड़ लेते हैं।''

मानवीय प्रकृति ऐसी ही है। कोई अपना दुखड़ा रोता है, तो हम भी उसके दुःख में अपना दुःख ढूँढ़ने लगते हैं। ऐसा दर्शाते हैं, जैसे हम भी उसी दौर से गुजर रहे हैं। अति प्रेम भी जहर का कार्य करता है। कमोबेश वही हाल हमारा भी हुआ। एक अदद घर बनाना चाहते थे। जब भी कोई घर लेना चाहा, प्रिय मित्रों की बिन माँगी सलाह ने कुंडली मार दी... यह बहुत महँगा है... यहाँ मत लो, वहाँ मत लो। उम्र पड़ाव पर आ गई, लेकिन घर नहीं मिला। हम भी बिन माँगी सलाह की प्रेम भरी कुंडलियों में घूमते रहे और अमल भी करते रहे... एक कुटिया भी नहीं बना सके। नए-नए लेखक बने तो सीखा-लिखा... आगे बढ़े, किन्तु आज भी बिन माँगी सलाह की मक्खियाँ भिनभिनाती रहती हैं।

अब सोचते हैं कि लेखन-वेखन छोड़कर एक सलाह-केंद्र खोल लें, जहाँ सदैव बिन माँगी सलाह देने वालों का और सुनने वालों का स्वागत व समागम हो जाये। इस नेक कार्य से समाज भी तरक्की करेगा; चिंताएँ ख़त्म होंगी, सुखद सुहाने दिन आएँगे। आज मूड ख़राब था, लेकिन आपका सदैव स्वागत रहेगा। आपको जब भी हमारी सलाह की जरूरत महसूस हो, हमारी संस्था तत्पर रहेगी; इसके लिए आपको कोई फ़ीस नहीं देनी है। आपका अनमोल समय हमारे लिए भी अनमोल होगा। आप कभी भी संपर्क कर सकते हैं; हमारा पता है- मुफ्त सलाह केंद्र, हँसोड़ वाली गली, व्यंग्यपुरी।''

22.

कतार में देश

आज देश लाइन में लगा है। क्या लोगों को लाइन में लगने की आदत-सी हो गयी है? ईश्वर के दर्शन हेतु इतनी लंबी लाइन, कि जैसे कोई अमृत-वर्षा होने वाली है और शरद की चाँदनी आज उन्हें मिलने वाली है। यदि किसी नयी फिल्म का पहला दिन हो, तो टिकिट खिड़की पर लंबी लाइन... जैसे पहले दिन ही किला फतह करना है। फ़िल्मी सितारों के दर्शन हों या लालबाग का राजा, स्कूल में एडमिशन हो या परीक्षा के फॉर्म, जिओ फ्री फ़ोन मिले या रिचार्ज... राशन-पानी, पेट्रोल या चौकी धानी, हर जगह लाइन का अनुशासन बरक़रार है, इसीलिए सरकार को हमारी दरकार है।

फिर नोट बदलने के लिए इस लंबी लाइन पर विपक्ष काहे भड़क रहा है। अब का करें, मिडिया को भी रोज तमाशा देखने की आदत पड़ गयी है, जैसे तमाशा करना हमारा जन्मसिद्ध अधिकार है। हर तरफ मचा हुआ हाहाकार है। सालों पहले 5-10 पैसा, चवन्नी और रुपया न जाने कितने सिक्के गुमनाम हो चुके हैं।

आज आम जनता कतार में हैं। कहीं कोई नेता या फिल्म स्टार या धनवान व्यक्ति कतार में नजर क्यों नहीं आ रहा है? क्या सब चैन की बंशी

बजा रहे हैं? यदि बंशी बज रही हैं तो हमें धुन क्यों नहीं सुनाई पड़ती है? बंशी का संगीत हवा से गायब है। हो सकता है कहीं कोई स्क्रिप्ट रची जा रही होगी। पिक्चर अभी बाकी है दोस्तों।

आम जनता पहले भूख से मरती थी, आज लाइन से मर रही है। कई खासदार इस मौके पर अपना हाथ साफ़ करने में लगे हैं। मीडिया में सनसनी है कि किराये पर लोगों को खरीदकर पंक्तिबद्ध किया जा रहा है। गरीब बेचारा मरता क्या न करता। पेट की दरकार है। अव्यवस्था व्याप्त है। धन मिले न मिले, धान्य तो मिले, इसी बात की तकरार है। यही हमारी सरकार है।

अब घर कैसे चले? आज हम भी उसी स्थिति में हैं। आठ दिन हो गए सब्जी का मुँह नहीं देखा। थाली से सब्जी गायब हो गयी। कभी दाल गायब तो कभी सब्जी गायब। इस थाली को भी चैन नहीं मिलता है। जो धन था वह धन न रहा। सरकार की जीजान कोशिशों के बाबजूद आज भी एटीम का पेट खाली है। पैसा बैंक में आ रहा है तो कहाँ जा रहा है?

हम जब बैंक गए तो वहाँ कोई बड़े धनवान सज्जन ने मैनेजर से कहा, ''डेढ़ लाख जमा करना है और निकालना भी है।'' मैनेजर गाय की तरह सिर हिलाकर बोला- ''सर, एक दिन रुकिए, काम हो जायेगा, अभी बैंक खाली है। भाई डेढ़ एक लाख एक दिन में खा लेंगे... अब समझ में आया, गरीब, किसान, मध्यमवर्गीय की लाइन कम क्यों नहीं हो रही है।''

बाजार में लोग मक्खी मारने की कोशिश कर रहे हैं, किन्तु मक्खियाँ भी होशियार निकलीं; कहीं नजर नहीं आ रही है। हमने एक आदमी से पूछा, क्या नोटबंदी फैसला गलत है? बेचारे ने सिंह बनकर ऐसी नज़रों से हमें देखा, जैसे अभी खा जायेगा। ऑटो वाले साथ बैठकर समय गुजार रहे हैं। सवारियाँ नहीं हैं, फिर भी संतोषजनक मुद्रा है। इस कतार ने देश में भाईचारा बढ़ा दिया है। जिसे पिंकी रानी मिल गयी, उसे मुस्कराकर ऐसे खुशी से विदा कर रहे हैं, जैसे कोई विजेता बन गया है।

हमें भी बड़ी तकलीफों के बाद एक गुलाबी नोट मिला। सोचा, रेजगारी ले आएँ। कल हम एक सेन्डविच की दुकान पर गए। दो सैन्डविच लेकर खाये तो उसने 100 की पत्ती ले ली। हमने कहा, भैय्या इतना मँहगा

क्यों? तो बोला छुट्टे पैसे नहीं हैं। सब्जी वाले के पास गए तो बोला - पूरा 100 की ले लो, छुट्टे पैसे नहीं हैं। एक पत्ती थी वह भी गयी। कोई गुलाबी नया धन लेने के लिए तैयार नहीं है। हे राम कैसे दिन आ गए। हर जगह मारामारी है, पर बाजार में रेजगारी नहीं है। जो लोग खर्च कर रहें हैं, वह पैसा कहाँ जा रहा है? भाई हमें तो अब छुपाने से भी डर लगता है।

काला धन कहाँ है, काले धन वाले कहाँ हैं? सोशल मीडिया में वोटिंग की जा रही है कि फैसला सही है या गलत। दुनिया भर के अखबार इस फैसले पर सकारात्मक मोहर लगा चुके हैं। हर जगह वाहवाही है। भाई उन्हें तो शब्द खर्च करने हैं। यहाँ आकर पैसा खर्च करें, कतार में लगें तो समझ आएगा। पैसा है, फिर भी पेट खाली है।

हमें काला धन तो पता नहीं, लेकिन गुलाबी नया धन हमारी नैय्या पार नहीं कर पा रहा है। हम बेचारे, ईमानदारी के मारे... न पैसा है न वोट, फिर भी सबसे हारे हैं। हमरे नेता ससुरे कह रहे हैं अच्छे दिन आने वाले हैं। अच्छे दिन का पता नहीं, लेकिन नियम कायदे रोज भेष बदलकर जिंदगी में सेंध लगा रहे हैं। नित नए कायदे से हम जैसी आम पत्नियाँ घबरा-सी गयी हैं। बेचारी, पति से धन बचाकर सोना खरीदती थीं, आज वह भी टैक्स माँग रहा है। हाय री किस्मत! पतिदेव का बस चले तो हमें काला पानी की सजा दे दें। पहले गृहणी इस कला के कारण सुघड़ मानी जाती थी; लेकिन अब हमारी सुघड़ता की कला ने हमारे धन को संदिग्धता के घेरे में लाकर खड़ा कर दिया है। भले ही सरकार ने इस राशि को मान्यता दी है, किन्तु पतिदेव की प्रश्नवाचक निगाहों ने इसे अमान्य करार कर दिया। हाय! धन भी गया और भेद खुल गया। हाथ खाली के खाली। बेचारा दिल कहता है- 'जाने वाले हो सके तो लौट के आना।'

भाई नुक्स निकालना हमारा जन्मसिद्ध अधिकार है। देश हो या नियम कायदे, हम तो नुक्स निकालेंगे। जल्दी ही चुनाव होंगे, लेकिन उसके पहले ही लोगों के हाथों में स्याही लगी होगी। कहीं आग लगी होगी, तो कहीं धुआँ उठेगा। अब फिर दिल ढूँढ़ता है, फिर वही फुरसत के चार दिन।

23.

डिजिटल होली

होली और मौज मस्ती का आपस में गहरा सम्बन्ध है। नया जमाना, नए प्रयोग। अबकी होली में कौन-सा रंग खूब खिलेगा, यह देखना शेष है। कैशलेस भारत की तस्वीर में होली भी कहीं रंगलेस न हो जाये। आजकल शब्दकोष से असंभव शब्द गायब होने लगा है। होली के रंग कैसे - कब, हर्बल होली, सूखी होली व रंगीन होली में विभाजित होकर हमारे जीवन में चुपके से पैठ बना गए और हम देखते ही रह गए। देखना, मानव का जन्मसिद्ध अधिकार जो है। अब तो 'जो मिला उसी में खुश हो जाओ, यही नया मंत्र जीवन, संपन्न बना रहा है।'

होली के रंग भी हमारे जीवन में बिखरने लगे हैं। इसका ताजा उदाहरण नयी करंसी है। करंसी देखकर तो हमारी श्रीमती जी के गाल भी शरम से लाल हो गए। हाय क्या गुलाबी रंगत है। होली के लिए बाहरी वस्तुओं का जमावड़ा करना पड़ता है। काश! इसे आंतरिक रूप से भी रंगीन कर सकते। इसके पीछे धारणा क्या होगी? अब हम क्या कहें, हर बार स्वरूप बदलते गए, रंग बदलते गए। पुराने प्रेम भरे रंग और चुनरवाली का भीगना, उपरांत शोर-शराबों में डूब गया, मगर चुनरवाली हर रंग में रँगी हमारे बीच आज भी विद्यमान है। चुनरवाली ने अमरत्व का पान किया है,

इसीलिए 'रंग बरसे भीगे चुनर वाली रंग बरसे ...!'

गत बरस जाते-जाते हमें होली का आभास करा गया। नोट बंदी के दौर से देश अभी गुजर ही रहा है। पुराने नोटों की होली जलना ही होली के आगमन की सूचना दे गयी थी। नए नोटों पर रंगों के ऐसे छींटे पड़े, कि वे गुलाबी और हरे रंग में सराबोर हो गए। दो रंग हमारे जीवन में घुलकर हमें प्रतिदिन होली का अहसास करा रहे हैं। पत्नी के चेहरे पर गुलाबी छटा देखकर प्रतीत हुआ कि अच्छे दिन आ गए; लेकिन पत्नी जी ने नोटबंदी के मार से जन्मी लिस्ट हाथों में थमाकर हमारे ऊपर घड़ों पानी डाल दिया। अंततः ज्ञात हुआ, फागुन आ गया है। हमने भी गुलाबी नोटों पर हल्का-सा पानी लगाकर उससे निकले गुलाबी रंग को पत्नी जी के चेहरे पर लगा दिया, बुरा न मानो होली है। झट लाल - पीली पत्नी गुलाबी हो गयी, यही हमारी जीत थी।

डिजिटल जमाना है। दुनिया कैशलेस हो रही है। रंग ऑर्गेनिक होकर भी मिलावटी है। आभासी दुनिया शब्दों के रंग में डूबी हुई है। शब्दों और नैनों की होली का जो आनंद यहाँ है, वह और कहाँ? हमारी सरकार भी पूरे मनोयोग से देश को रंगीन बना रही है। मोबाइल, सब्जी के दाम बिक रहे हैं, जैसे उन्हीं से पेट की अगन शांत होगी। कैशलेस गाने का टेप रिकॉर्ड बज रहा है।

पानी में कटौती की जाती है, सब्जियाँ, नोटबंदी के असर से बेहाल भूरी -पीली हो रही हैं। नेता, चुनावी रंग में पहले से रँगे हुए हैं। कटाक्षों की बौछार शुरू है। दुकानें बेरंग हो गयी हैं। खरीददारों की रौनक गायब है। जिसे देखो, हाथ में मोबाइल व आँखों में मस्ती के रंग लिए अपनी चौपाल बना रहा है। सत्य है, अब आभासी नयी चौपाल बन रही है। एक ही रंग कह रहा है, रंग लो जिंदगी। दंगल अपना रंग दिखा रहा है .... दुनिया अजब - गजब होने लगी है। पैसा ख़त्म तो भी शांति। कतार में भी शांति, उदर भी शांत, मन भी शांत; हर जगह बस शांति ही शांति... न जाने कितनी शांति आ गयी है। न पैसा होगा, न खर्च करने की बात मन में आएगी। अपनी चादर देखकर लोग स्वयं सिमट गए हैं। अब कुछ-कुछ समझे; यह ध्यान का रंग है। जो नहीं रँगे वह उछलकूद मचा रहे हैं। कुछ लोगों में गजब

की क्षमता है। वह करोड़ों लोगों का दिल पढ़कर स्वयं उनके विचार व्यक्त कर रहे हैं। क्या हास्य व्यंग्य है कि हँसना- हँसाना भी नहीं आया।

मिडिया भी होली को रंगीन बना रही है। एक विज्ञप्ति- ''चुनाव से पहले चैनल का चुनाव कर। ऐसा करने से क्या चुनावी परिणाम बदलेंगे या हम? भैय्या, हमारे दिमाग में भी रंग के साथ भंग लग गयी है। कुछ राज्यों के चुनावी परिणाम भी आ चुके हैं। जो पैदल थे वे सत्ता में आ गए और जो सत्ता में थे, वह पैदल हो गए। होली ने फिर एक रंग में रँग दिया। बेचारे आम आदमी को फिर से सूखे रंग ही नसीब हुए।''

उफ़... यह क्या! हमें तो होली पर व्यंग्य लिखना था, लेकिन क्या करें; जब भी सोचने बैठो, कमबख्त यही विचार मन को रँग देते हैं। कलम दूसरे रंग ही नहीं लगा रही है। चलो जी, हम पत्नी जी की माँग पूरी करते हैं, नहीं तो हमारे घर में कितने रंग खिलेंगे और हम कितने भीगेंगे, यह कहना जरा कठिन है। लो जी, आप तो रंग- लेस होली की शुभकामनाएँ ही ले लीजिये।

24.

अजब गजब से रंग

लो जी, हर साल की तरह होली पुनः आ गयी है। एक वर्ष बीत गया, लेकिन समय जैसे पंख लगाकर उड़ गया हो। होली प्रतिवर्ष आती है... लेकिन नया क्या है? आजकल त्योहार दबी चाल से आते हैं और दबी चाल से निकल जाते हैं। सभी जैसे दुम दबाकर भाग गए हों। आज श्रीमती सुबह से रंग बिखरने में लगी हुई हैं। हाय! ऐसे रंग, जो सीधे दिल से निकलकर दिल को भेद रहे थे।

''कैसी होली है, न उमंग, न तरंग। दुनिया में ज्ञान बाँटने का कार्यक्रम शुरू है। कई ढोंगी बाबा अपने पर्चे बाँट रहे हैं। यह उन्हीं की संगत का असर है। तुम दिन भर आँखों के बटन को मुए फेसबुक पर लगाकर दूसरी लुगाइयों को आभासी दुनिया में प्रेम भरे शब्दों से रंग लगाते हो, हमें नजर भर नहीं देखते। घर की मुर्गी दाल बराबर होती है, यह मुहावरा आज के वक़्त में सिद्ध हो गया है।

घर का रंग बेरंग हो चला था। हमने चुप रहने में ही अपनी भलाई समझी और चुपचाप सारे रंग अपने ऊपर लगवा लिए। हाथ में अपने खास

सखा मोबाइल को लेकर उससे भी आँखें चार कर ली। आजकल जिधर देखो उधर रंग फीके पड़ रहे हैं। अब पहले की तरह क्रिकेट को पूजना बंद हो गया है। ज्यादातर फिक्सिंग के बाद लोगों की रुचि बदलने लगी है। कभी-न-कभी तो नशा उतारना ही था। अब भाँग की जगह फेसबुकी भंग लोगों को ज्यादा लुभाने लगी है। महँगाई ने अपने रंग से लोगों को तरबतर कर रखा है। तिस पर साफ़ सफाई अभियान... एक नया भारत। अच्छे दिन के गुब्बारे। न जाने कितने तरह के रंग बाजार में मौजूद हैं, जो जनता की जेब अपने आप काट लेते हैं। यह उनका अधिकार है, इसे वह आपसे माँगकर नहीं लेंगे। पहले लोग (गुरु) सर - सर के नाम की माला जपते थे... अब वह सर कब कर में बदल गया, ईश्वर जाने। हम तो वही गाना गाते रह गए... कोई तो लौटा दे मेरे बीते हुए पलछिन। राजनेताओं का कार्य अच्छा है; एक फरमान जाहिर करो। खुद विदेश भ्रमण कर लो, आगे का कार्य हमारी गरीब जनता करेगी।

आजकल हर कोई लंगूर बना हुआ है। फिजा में तीखे रंग मिर्ची की तरह आँख में धूल झोंक रहे हैं। नफरत के रंग ने दुनिया को अपनी गिरफ्त में जकड़ रखा है। पाक साफ़ गोई करता है। ताइबान पान खाता है। मुँह की लाली उसे ज्यादा पसंद है। आज बच्चा-बच्चा वहाँ खूनी होली खेलता है। अखबार के काले अक्षर अब हमें लाल ही लाल नजर रहे हैं। हुड़दंगी भाईजान अपनी जय जयकार करा रहे हैं।

एक मसला आज तक नहीं सुलझा है। हमारे घरों में क्या काम करने वालों की कमी हो गयी है, जो विदेशों की जी हुजूरी कर रहे हैं। फिल्म वाले मुस्कराते हुए पाक बालाओं को गले लगाते हैं और हमारे यहाँ के सरताज वहाँ की धूल खाकर भी मुस्कराते हैं। क्या रंगीली दुनिया है... वर्ष भर यहाँ होली चलती ही रहती है। 'रंग बदले ढंग बदले, नियति के सब चंग बदले।'

व्यंग्यकारों की होली को छेड़ो मत, वह तो पूरे शबाब पर होती है। व्यंग्यकार के रंग में डूबने का मजा कुछ और ही है। कितने भी रंग लगाओ। हँसी के गुब्बारे फूटते रहते हैं। हींग लगे न फिटकरी, रंग भी चोखा-चोखा। हमारे एक व्यंग्यकार मित्र हैं; बीवी हो या टी.वी.,हर जगह छाये रहते हैं। बीवी के गर्म बौछारों के रंग उन पर पड़ते ही हँसगुल्लों में बदल जाते हैं।

बेचारा रंग लगाने वाला खुद ही शर्म से पानी-पानी हो जाता है। हँसगुल्ले ऐसे परोसे जाते हैं कि कई बार मिर्च भी डालकर खिला दो, तब भी उफ़ तक न निकले... न निगलते बने, न उगलते बने... और जनता हँसगुल्लों से मालामाल हो जाती है। एक-एक की टाँग खींचकर, उसे अपने रंग से रंग देने की कला व्यंग्यकारों के पास ही होती है। इन्हें छेड़ना, जैसे शेर के मुँह में हाथ डालना है। शेर तो बेचारा आपको खा जायेगा, परन्तु यह व्यंग्यकार आपको व्यंग्य की टंकी में डुबाकर ही मारेंगे।

अब रजत शर्मा को ही देखें। भाई हमें तो इंडिया टी.वी. का यह कार्यक्रम बेहद पसंद है। अच्छे अच्छों के छिलके उतार देते हैं और हमारे जमीं के सितारे बगलें नापते नजर आते हैं, या 30 इंच की टैक्स फ्री मुस्कान बिखेरने की कोशिश करते हैं। जय हो! भाई, होली के यह रंग देश को रंगीन बनाकर लोगों को सीधा चलना सिखा दें तो दुनिया भी रंगीन हो जाएगी। अब हम भी कहें हैप्पी वाली होली जी। मेरे पसंदीदा व्यंग्यकार सुरेन्द्र शर्मा जी का नाम सर्वप्रथम लेना चाहता हूँ। बिना कोई भाव दिए, बिना हँसे, उन्होंने इतने रंग बिखेरे हैं जो विलक्षण हैं। सुभाष चन्द्र, अशोक चक्रधर, ज्ञान चतुर्वेदी और माणिक वर्मा आदि अनेक नाम हैं, जिनके बिना व्यंग्य की होली अधूरी है। जिओ जी भर के और रँगो तो भी जी भरके। यही है अजब गजब से नए युग के हँसोड़े रंग।

25.

कहीं प्रेम कहीं शब्दों की होली

फेक का अंग्रेजी अर्थ है धोखा व फेस यानि चेहरा। कलियुग में आभासी दुनिया का चमकता नव चेहरा एक अंतहीन मृगतृष्णा के समान है, जो आज सभी को अपने मोहपाश में बाँध चुका है। नित्य समाचार की तरह सुपरफास्ट खबरें यहाँ मिलती रहती हैं। कहीं हँसी के ठहाके, कहीं आत्ममुग्ध तस्वीरें, कहीं प्रेम की होली, कहीं शब्दों की बंदूकें। एक अजब-सा एहसास, जैसे आज दुनिया हमारे पास है; जैसे दुनिया बस एक मुट्ठी में समा गयी हो।

होली का त्योहार भी बहुत रंगीन होने लगा है। फेसबुक ने हमारी दुनिया में ऐसा कदम रखा है कि भूत भविष्य व वर्तमान साथ चलने लगे हैं। जी हाँ, आप इस वर्ष होली खेलेंगे जरूर, किन्तु पुरानी यादों के साथ। फेसबुक, आपकी पुरानी यादें आपको पग-पग पर तस्वीर या वीडियो बनाकर तोहफे में देता रहता है। लो भाई बन गयी होली रंगीन। इसके रंग भी उतने ही खूबसूरत हैं। जहाँ महकती यादें गुदगुदाती हैं, वहीं बेरंगी यादें मन ख़राब भी करती हैं। जिन्हें हम याद करना भी नहीं चाहते हैं, उन्हें यह आभासी दुनिया हमें भूलने भी नहीं देती है।

जी हाँ जनाब, शर्मा जी को देखकर उन पर तरस खाने को जी चाहता है। हमारे शर्मा जी फेसबुक पर जवान होकर नयन मटक्का कर रहे थे। होली के दिन यही मटक्का उन पर भारी पड़ गया। आदतन, फेसबुक ने अपने जौहर दिखाए। सारी बातचीत। रिश्ते अचानक बिन मौसम बरसात की तरह होली के दिन सबके समक्ष हाजिर होकर अपना रंग बरसा रहे थे। उनकी बीवी को काटो तो खून नहीं, वाले बादल मँडरा रहे थे। बमुश्किल गृहस्थी की नैय्या सँभली... तिस पर होली के दिन फेसबुक फिर वही तोहफा देने पर आमादा था, जिसके रंगों से बचना नामुमकिन था। होली के दिन भाँग का अपना महत्व होता है; लेकिन सोशल मीडिया की भाँग का नशा अब सबके सर पर चढ़कर बोलने लगा है। जहाँ एक तरफ रंगीन दुनिया है, वहीं उसके ऐसे रंग जो कभी मिटाये नहीं मिटेंगे। शायद हम मिट जायें, पर आभासी रंग अमिट हो जायेंगे। इन रंगों में डूबे हुए हम, खुद को आसमान से देखेंगे। हम वर्ष में एक दिन होली खेलते हैं; फेसबुक हर दिन, हर पल, नैनों से, शब्दों - बातों से, सुलगती पींगों से होली खेलता है। कहीं दिल सुलगते हैं, कहीं घर जलते हैं, लेकिन होली के रंग जीवन में यूँ ही मुस्करातें गुदगुदाते बरसते हैं। होली में छेड़खानी न हो, शर्म से पानी-पानी न हो, तो होली कैसी? सोशल मीडिया में तस्वीरें पोस्ट करने के लिए लोग होली न खेलें, किन्तु रंग लगाकर अपनी तस्वीरें जरूर पोस्ट करेंगे। सत्य कौन देखता है? आज तस्वीरें बोलती हैं। छाया-चित्रों का जमाना है, तो छायावादी होली हो क्यों संभव नहीं?

आज सुबह से श्रीमती जी हमें भी अपने शब्द-बाणों से रंग लगा रही थीं। हमारे नैना सोशल मीडिया से चार होने के लिए बेताब थे; दिल की हसरतें बाहर बरसना चाहती थीं, किन्तु घर का रंग, बदरंग न हो जाये, हमने चुपचाप गुलाबी रंग लगाकर घर का माहौल भी गुलाबी करने का मन बना लिया। आखिर जाएँ भी तो कहाँ जाएँ? चाय पकौड़े का नशा उतरने को तैयार नहीं था। हमने हाथों में मोबाइल से नैना चार करके गुपचुप अपनी होली को अंजाम दे दिया। क्या करें, किसी और को छेड़ना मना है।

आज किसी व्यंग्यकार को रंग लगाना, जैसे आ बैल मुझे मार वाली बात करना है। बैल तो फिर भी मार कर जख्मी करेंगे, जिसका इलाज कोई

वैद्य कर देगा, घाव भर जायेगा; लेकिन व्यंगकार के रंग इतने पक्के होते हैं कि उनके गुब्बारे की मार के निशान कई वर्षों तक देखे जा सकते हैं। रंग भी ऐसा, कि साबुन की टिकिया ख़त्म हो जाएगी पर रंग न निकलेगा। पक्का रंग उन्हीं की झोली में छुपा होता है। कहते हैं न हींग लगी न फिटकरी, फिर भी रंग चोखा-चोखा। मिठाई भी इतनी चोखी रखें कि खाये बिन मजा न आये। हँसगुल्ले सभी ऐसे खिलावें कि न निगलते बने न उगलते बने। इनकी रंगों की बौछार पड़ते ही पूरा शरीर रँग जाता है। जब एक तीर छोड़ा, तो रँगने वाला खुद आकर पानी में डुबकी लगा लेता है। हाय! ऐसे रंग जो सीधे दिल से निकलकर दिल को भेद रहे थे। होली है तो बिना गुझिया के काम नहीं चलेगा। आज सोच रहे हैं, बाजार से गुझिया खरीद लें और गत वर्ष कुल्फी खायी थी वही जाकर खा लेंगे। उसका भी नशा कुछ अलग ही होता है। होली की रंग भरी मस्ती भरी शुभकामनाएँ।

26.

फेसबुक पर महिलाओं की प्रॉक्सी

नयन मटक्का इस बार बेहद खास बन गया है। महिलाएँ हर क्षेत्र में अपनी गुणवत्ता प्रदर्शित कर रही हैं। सर्वप्रथम महिला सम्पादिका को बधाई और पत्रिका के संपादक को भी बधाई। उन्होंने एक महिला को यह कार्य सौंपकर समानता के अधिकार का सार्थक उपयोग किया है। सोशल मीडिया पर भी महिलाओं ने पुरुषों के आधिपत्य को तोड़कर अपना परचम लहराया है।

फेसबुक पर महिलाओं की प्रॉक्सी... मतलब महिलाओं का फेसबुक पर भी इतना बोलबाला हो गया है कि तथाकथित मर्द अब फेक आई डी बनाकर प्रॉक्सी देने लगे हैं। उनकी दबी हुई यानि कि दमित इच्छाएँ भी महिलाओं की चौखट पर दम तोड़ने लगी हैं। आखिर हर बार पुरुषों को महिलाओं की चौखट ही मिलती है। तथाकथित मर्द, फेक अकाउंट द्वारा अपने दूषित विचारों की लीपा पोती करते हैं। ऐसा प्रदूषण ज्यादा देर कहाँ छुपता है।

हमारे पड़ोसी को दीवारों में कान चिपकाने की बुरी लत लगी हुई है।

जब तक आँखें न सेंके, कान को गर्म न करें, चुगलियाँ न करें; हाजमा ख़राब हो जाता है। दिन रात एक - एक बात को प्याज के छिलके उतारकर पूछना और उसका ढिंढोरा पीटना। जनाब की इस लत के शिकार पड़ोसी के साथ - साथ उनके घर वाले भी हैं। एक भी दिन अगर पटाखा न जले तो कॉलोनी में सूनापन महसूस होने लगता है। कुछ मर्द, महिलाओं के प्रति कुछ ज्यादा लगाव महसूस करते हैं, इसीलिए हाव-भाव भी उसी तरह रखते हैं। तथाकथित पुरुष वर्ग उन्हें पीठ पीछे बायको (महिला) कहकर सम्बोधित करता है। लो जी, यहाँ भी महिला की चौखट पर ही बलि चढ़ी। बिना बात के बेचारी महिला ही सूली चढ़ती है। आखिर कहीं तो सर छुपाने की जगह होनी चाहिए। इसीलिए शायद हर जगह पुरुष, प्रॉक्सी का सहारा लेते हैं।

व्यंग्य क्षेत्र पर भी मुख्यतः पुरुषों का आधिपत्य था। चाटुकारिता का ठीकरा महिलाओं के सर पर फोड़कर पुरुष बखूबी अपनी भूमिका निभा रहे थे। व्यंग्य-लेखन में महिलाओं की स्थिति पहले नगण्य थी, लेकिन इसमें तेजी से इजाफा होने लगा। सोशल मीडिया को हथियार बनाकर कई बुद्धिजीवी महिलाओं ने अपने हाथों में हथियार थाम लिए। एकाएक कटाक्षों की बारिश होने लगी। कटाक्ष और व्यंग्य एक दूजे से पृथक कहाँ हैं। पुरुषों ने सदा से महिलाओं को व्यंग्य-बाणों हेतु बदनाम कर रखा था... तो लीजिये, यही व्यंग्य वाण अब अपनी लीला दिखा रहे हैं।

सोशल मीडिया ने कलमकारों की धार तेज करने में महत्वपूर्ण भूमिका अदा की है, कहना गलत न होगा। पहले चौपाल पर चाटुकारिता होती थी, अब सोशल मीडिया एक चौपाल बनकर उभरी है। स्वतंत्र देश के नागरिक सभी अपनी बात कहने हेतु स्वतंत्र हैं।

हमारे शर्मा जी को अपने व्यंग्यकार होने पर बहुत गुमान था। दिन-रात पत्नी की खिल्ली उड़ाना, उनके व्यंग्य-लेखन का प्रमुख अंग था। स्वतंत्र विचारों व विशाल हृदय की स्वामिनी, उनके इस अंदाज पर मुस्कान बिखेरती थी। लेकिन कोई शर्मा जी का मजाक बनाये, पसंद नहीं था। महिलाओं पर व्यंग्य बनाना वह एकछत्र राज समझते थे।

हमारे शर्मा जी की पत्नी भी किसी कुशल व्यंग्यकार से कम नहीं हैं। देखा जाये तो शर्मा जी को उन्हीं ने व्यंग्यकार बनाया है। उनके कुशल बाणों

के द्वारा ही शर्मा जी सफल व्यंग्यकार बने हैं। शर्मा जी की सफलता का श्रेय उनकी पत्नी को भी जाता है। हमें लगता है, व्यक्ति की सफलता के बीज उनकी अपनी धरती पर ही बिखरे होते हैं।

लेकिन शर्मा जी को यह भी पसंद नहीं कि कोई उनकी पत्नी की भी तारीफ करे। मर्द के अहम् को ठेस जो पहुँचती है।

एक दिन हमने शर्मा जी से कहा- ''भाई, भाभी जी को कहो कुछ लिखा करें।''

कहने लगे, ''भाई जान की भीख माँगता हूँ; मैं अकेला भी उन्हें पढ़ने-सुनने के लिए बहुत हूँ, मेरी जान बख्शो भाई, ऐसी सलाह अपने घर में ही रखा करो।''

हमें ऐसा लगा, एक सफल नामचीन व्यंग्यकार, पत्नी के आगे बिसात की तरह बिछ गया। कुछ गड़बड़ है। कभी प्रकृति की शक्ति का अंदाज शर्मा जी को भी होगा। एक दिन की बात है, एक समारोह देखते हुए अति बुद्धिजीवी शर्मा जी की जीभ फिसल गयी।

अहम् बोलने लगा- ''महिलाएँ क्या व्यंग्य लेखन करेंगी, वह घर में ही अच्छी लगती हैं।''

कोई दूसरा कुछ बोलता, उसके पहले बगल में बैठी उनकी पत्नी को सब नागवार गुजरा। बिफर पड़ीं -

''आपने महिलाओं को क्या समझा है?''

आवाज मिमिया गयी- ''कुछ नहीं भाग्यवान, महिलाएँ कितनी अच्छी होती हैं।''

''अभी तुमने जो कहा, वह क्या था? और महिलाएँ कितनी अच्छी से क्या तात्पर्य है? कितनी महिलाओं को जानते हो?'' भाभी जी ने आँखें तरेर कर पूछा, तो शर्मा जी एकदम गऊ बन गए। समझ गए कि खुद के जाल में फँस गए।

''पुरातन समय से महिलाओं को देवी का दर्जा दिया गया है। वे

पूजनीय हैं; तुम न होतीं तो हम कहाँ होते? तुमसे ही परिहास करके, तुम पर चुटकुले बनाकर, तानों को मूर्त-रूप देकर ही व्यंग्य लिखता हूँ।''

''अच्छा; तो हम कोई वस्तु हैं, जिस पर चुटकुले लिखो?'' स्वयं पर ताना समझकर थोड़ा-सा अपराध बोध का स्टेशन मन में आया, किन्तु भाभी जी की भावभंगिमा ने खा जाने वाली ट्रेन चला दी। पहले की नारी होती तो चुप सुन लेती, लेकिन आज महिलाएँ सजग हो गयी हैं।

भाव-भंगिमा देखकर घबराये शर्मा जी बोले- ''यह सब लेखन की बातें हैं; शिल्प, कथ्य और बिम्ब, अनेक बिंदुओं पर काम करना होता है... दिन रात उनके बारे में सोचो, फिर....!'' आगे के शब्द मुँह में घुलकर रह गए।

''अच्छा, अब समझी, कहाँ मशगूल रहते हो; बोल कालिया, कितनी बिंदु तेरे पास में हैं? किसके साथ लीला कर रहे हो? तभी घर में कदम नहीं टिकते हैं। इन सभी बिंदुओं से बताओ कहाँ मिलते हो। उफ़! कितनी आवारगी है...!''

''अरे भागवान, क्या बोल रही हो, समझो तो सही।''

''सब समझती हूँ; बन्दर के दाँत खाने के अलग होते हैं, दिखाने के अलग, यह झुनझुना कहीं और बजाना। पत्नी की सेवा करो, तभी मेवा मिलेगा पत्नी जी मुस्कराकर आगे बढ़ गयीं।''

आज उपवास रखने का समय आ गया था। शर्मा जी कलम लेकर कागज फाड़ते नजर आये। मीडिया पर खिसियानी बिल्ली की तरह पोस्टों को नोचने लगे। शर्मा जी को पतली गली से खिसकने में ही अपनी भलाई नजर आयी, लेकिन अगले दिन से सोशल मीडिया पर नए व्यंग्यकार का अवतरण हो गया था। अब शर्मा जी की खास प्रतिद्वंद्वी बनकर उभरी उनकी पत्नी, व्यंग्यकार के रूप में हर तरफ छायी हुई थीं। शर्मा जी समझ चुके थे, पानी में रहकर मगर से बैर नहीं करना चाहिए। चलिए, शर्मा जी के साथ फिर मिलेंगे; तब तक आप भी अपने घर में सोई हुई प्रतिभा को रास्ता दिखाएँ। जय हो!

27.

रिश्तों की होली

होली का नाम सुनते ही उमंगें परवान चढ़ने लगती हैं। होली जलाना और खेलना दोनों हमारे जीवन में खासा महत्व रखता है। होली है, तो जलने वाले भी हैं और चुनर वाली भी है। कोई जलता है, कोई जलाता है, कोई पानी से आग बुझाता है, कोई पानी में आग लगाता है। हमें होली में भीगना आनंद प्रदान करता है। कैसे कहें हमारा दिल बल्लियों-सा उछलता है। कोई हमें भी रंग डालो। होली और पानी हमें लुभाते हैं; लेकिन सबको चुनर वाली ही दिखती है। गीली होली का भी अपना अलग मजा है। गीली होकर भी वह दिलों में आग सुलगाती है। दूर से फुहार छोड़ी और रंग गयी चोली। हमने ऐसी फुहार छोड़ी कि चुनर वाली हमारे घर की शेरों वाली बन गयी। अब हमें कोई रंगे या न रंगे, हम खुद को पानी से रंग लेते हैं। वह भी क्या दिन थे; पानी की टंकी भरो, रंग घोलो और मित्रों को उठाकर उसमें फेंको। गली-मुहल्लों में गुलाबी नदिया बहने लगती थीं। रंगीलों की टोली रंगीनियाँ ढूँढ़ती थी। लेकिन आज जमाना सूखी होली का है, क्यूँकि नदिया ही सूख गयी।

एक दिन शर्मा जी स्नान कर रहे थे। बदन पर खुशबू वाला साबुन

मलते हुए सरगम गा रहे थे। ठन्डे-ठन्डे पानी से नहाना चाहिए...और इतने में रिमझिम गिरता हुआ नल का पानी बंद। लो जी हो गयी साबुनि होली। न रंग लगे न फिटकरी फिर भी खेली होली। बाथरूम से सरगम की जगह पानी की गुहार होने लगी। अब सोचिये, ऐसी कितनी परिस्थितियाँ होती हैं, जब पानी ख़त्म हो जाये तो मारे शर्म के इंसान ही पानी-पानी हो जाये, आवाज हलक में अटक जाये। खैर! नदियाँ सूख रही हैं, प्रदूषण फैल रहा है। फिलवक्त जल ही जीवन है। पानी बचाना हमारा ही नहीं आपका भी नागरिक धर्म है। ऐसे में सूखी होली से ही काम चला लो, वर्ना बाथरूम कांड कभी भी हो सकते हैं। एक किस्सा और याद आया। हमारे यहाँ नल में पानी एक दिन आड़े आता है, वह भी सुबह के 3 बजे। भाई नींद हराम हो जाती है। एक दिन आँख लगने से पानी संचित नहीं कर सके। उसी दिन हमारे एक मित्र अचानक घर आ गए। बेचारे पेट की समस्या के चलते सुबह-सुबह बाथरूम में दौड़े। आधी घंटे तक बाहर नहीं निकले। तब हमें ध्यान आया कि आज नल में पानी नहीं आया, अब दोनों शर्म से पानी-पानी हो गए। मुआ पानी भी क्या दिन दिखाता है।

होली और पानी का गहरा सम्बन्ध है। चाहे वह नैनों का पानी हो या नदिया का पानी, फिलवक्त दोनों ही सूख रहे हैं। आज तेजी से चौथी दुनिया बनकर उभरी वेब मीडिया में रिश्तों की होली अक्सर जलती रहती है। जहाँ सबके अपने घर हैं, फेसबुक हो या ट्विटर, इंस्टा ग्राम हो या अन्य साईट। जहाँ स्वयं शब्दों से रिश्तों के रंग बनाये जाते हैं। ऑर्गेनिक हर्बल रंग, जिसका नशा भी आसानी से नहीं उतरता है। रंग आँखों को भाये तो रिश्ते जोड़ो, यदि नैनों में चुभने लगें तो तोड़ो। रिश्ते झट परवान चढ़ते हैं; पट से उतर भी जाते हैं। जिससे मन भर जाये, जो हमें सताए, उसे झट से अनफ्रेंड करो या ब्लॉक। न निभाने की मज़बूरी, न पाने की चाह। हर तरफ है खुद को चमकाने की राह। यहाँ रिश्तों की होली खूब जलती है। शनैः शनैः चारदीवारी के बीच की खुली इस खिड़की ने दिलों की खिड़कियों को बंद-सा कर दिया है। जीवन के रंगों की इस मिलावट ने लोगों को एकांतप्रिय आभासी कर दिया है। पूरी दुनिया जैसे एक घर बन गयी है। अनजाने लोग आपस में पींगे बढ़ाते हैं। कुछ अच्छे रिश्ते बनते हैं, कुछ दर्द भरे बन जाते हैं। दर्द सहन न हो तो रिश्ता ख़त्म। न कोई धन न जन्मों का बंधन, न

तलाक न तीन तलाक, न नियम न कायदे... बस लोगों को इसमें दिखतें हैं फायदे। हर दिन शब्दों से बनते हैं हर्बल रंग, नित बदलते हैं दोस्तों के संग।

आज रास्ते पर एक जनाब हमें घूरे जा रहे थे। पहले हम अचकचा गए। गौर फ़रमाया, लेकिन कुछ याद नहीं आया; लेकिन जनाब का घूरना बदस्तूर जारी रहा। अब हमारी बारी थी। हम शर्म से पानी-पानी होने लगे। नजर चुराकर दुम दबाने की फ़िराक में थे, कि चिहुंक कर एक गोली निकली।

''अरे यार केशु तुम! ''कैसे हो मियां पहचाना? हम तुम्हरे बचपन के सखा छगन; तुम्हरे केश उड़ जाने से तनिक पहचानने में तकलीफ हो गयी; शरीर से तो वैसे ही हो, अच्छा है।''

ओह हो! छग्गू... ''हाँ याद आया; लेकिन यार कैसे पहचानता, तुम तो बुलडोजर हो गए और घूर-घूर कर डरा रहे थे।''

दुआ सलाम के साथ दोनों ने पतली गली पकड़ ली; इस मुगालते के साथ, कि अगली दफ़ा मुलाकात न हो। आज घर-घर में भी रिश्तों की होली जलती है। हर कोई अकेलेपन की होली खेलता है। संगी साथी - अड़ोसी - पड़ोसी। प्रेम, दूर के दर्शन हो गये हैं। प्रेम के अजब - गजब होली के रंग आज विलीन होते जा रहें हैं। होली व प्रेम की वही गर्माहट सबको पुनः मिले, इसी कामना से होली की शुभकामनाएँ!

28.

फेसबुकी मूर्खता

हर वर्ष हम मूर्ख दिवस मनाते हैं। वैसे सोचने वाली बात है... आदमी खुद को ही मूर्ख बनाकर आनंद लेना चाहता है, यह भी परमानंद है। हमारे संपादक साहब को सोशल मीडिया इतना पसंद है, कि वह हमें इससे भागने का कोई मौका नहीं देना चाहते हैं। आजकल सोशल मीडिया हमारी दीन दुनिया बन गयी है।

आदमी मूर्खता न करे तो क्या करे? मूर्ख बनना और बनाना हमारा जन्मसिद्ध अधिकार है। सोशल मीडिया पर इतने रंग बिखरे पड़े हैं कि मूर्ख सम्मलेन आसानी से हो सकता है। पूरी दुनिया आपस में जुड़ी हुई है। लोगों को मूर्ख बनाना जितना सरल है, उतना ही खुद को मूर्ख बनने देना अति सरल है। उम्मीद पर दुनिया कायम है। हम सोचतें हैं, सामने वाला कितना सीधा है, हम उसे मूर्ख बना रहे हैं; लेकिन जनाब हमें क्या पता हम उसी का निशाना बने हुए हैं। कहते हैं न रंग लगे न फिटकरी रंग चौखा-चौखा। वैसे मजेदार बात है... न जान, न पहचान फिर भी मैं तेरा मेहमान।'' खुद भी मूर्ख बनो, औरों को भी मूर्ख बनाओ। ताक-झाँक करने की यह कलाकारी दुनिया को दिखाओ। यह कला यहाँ बहुत काम आती है, चाहो या न चाहो।

जिंदगी का हर पन्ना आपके सामने मुस्कराता हुआ खुल जाता है। मजेदार चटपटे किस्से नित दिन चाट बनाकर परोसे जाते हैं।

यहाँ हर चीज बिकाऊ है। इंसान यहाँ खुद का विज्ञापन करके खुद को बेचने में लगा हुआ है। जितने मनमोहक विज्ञापन, आप उतने बड़े सरताज। असल जिंदगी को कोई देखने ही नहीं आएगा कि कौन राजा है कौन रंक। कुछ शब्द-कुछ विचार लिखो और खुद ही मसीहा बनो। एक तस्वीर लगाओ और किसी की स्वप्न-सुंदरी या स्वप्न राजकुमार बन जाओ। मुखड़े में कुछ ऐब हो तो ऐप से सुधारकर दूर करो... कलयुग में सब संभव है। मित्रों, यहाँ मूर्खों का खुला साम्राज्य आपका स्वागत करता है, आनंद ही आनंद व्याप्त है। आजकल सोशल मीडिया बड़ी खूबसूरती से लोगों का रोजगार फैलाने में बिचौलिया बना हुआ है; जो चाहे वह बेंचो; दुकान आपकी। सामान आपका, मुनाफा नफा उसका। भाई यहाँ सब बिकाऊ है।

मस्त तीखा-मीखा रायता फैला हुआ है। आपका खाने का मन नहीं हो, तब भी खुशबू आपको बुला ही लेती है। कौन किसको कितना मूर्ख बनाता है... प्रतियोगिता बिना परिणाम के चलती रहती है। कोई अकेले बैठकर, छुपकर मुस्कान का आनंद लेता है। एक मजेदार किस्सा हुआ; किसी महिला ने पुरुष मित्र के साथ आत्मीयता से बातचीत क्या कर ली कि वह तो उसे अपनी पूँजी समझने लगा; यानि बात का अर्थ से अनर्थ हो गया। अन्य तरीके से रिश्तों को निभाया जाने लगा। दोनों को लगता है, दोनों एक-दूजे को फ्लर्ट कर रहे हैं... वास्तव में दोनों ही मूर्ख बन रहे हैं।

एक और किस्सा याद आया। हमारे शर्मा जी के यहाँ का चपरासी बहुत बन ठन कर रहता था, मजाल है कमीज पर एक भी सिलवट आये। सोशल मीडिया में सरकारी ऑफिसर के नाम से अपनी प्रोफाइल बना रखी है... शानदार रौबदार तस्वीर। इतनी शान कि अच्छे-अच्छे शरमा जाएँ। शर्मा जी दूसरे शहर से अभी-अभी तबादला लेकर आये थे। दोनों सोशल मित्र थे। बातचीत भी अच्छी होती थी। निमंत्रण दिया, मित्र कभी हमारे यहाँ सपिरवार आएँ; लेकिन जब खुद के ऑफिस में एक-दूसरे को देखा, तब जाकर सातों खून माफ़ किये। लो जी कर लो तौबा और खाओ पानी - बताशे-फुलकी। भाई मिर्ची न हो तो खाने में स्वाद कैसा। उसमें जरा

लहसुन - मिर्ची और निम्बू मिलाओ। तभी खट्टे चटपटे पानी-बताशे खाने में असली आनंद आएगा। जी हाँ यही जीवन का परम सत्यानंद है। पहले ज़माने में लोग सोचा करते थे, कैसे व किसे मूर्ख बनाया जाये। वास्तव में आज सोचने की जरूरत ही नहीं है। अब तो कौन कितना मूर्ख बनता है यह मूर्ख बनने वाला ही जानता है। जब तक जलेबी न खाओ और न खिलाओ, तब - तक जीवन में आनंद रस नहीं फैलने वाला है। वैसे सोचने वाली बात है, सोशल मीडिया के दुष्परिणाम बहुत हैं, लेकिन जीवन को आमरस की तरह महकाने में यही कारगर सिद्ध हुआ है। कहीं किसी घर में किसी महिला-पुरुष की लाख अनबन हो; लेकिन सोशल मीडिया पर एक दूजे के बने हुए हैं। घर में रोज झगड़ते होंगे, लेकिन सोशल मीडिया पर 'हम तेरे बिन कहीं रह नही पाते...!' गाते हुए नजर आते हैं। कोई कितनी भी साधारण शक्ल - सूरत का क्यों न हो, यहाँ मिस, मिसेज और मिस्टर वर्ल्ड का ख़िताब जरूर पाता है। तो बेहतर है, हम नित दिन खुद को भी मूर्ख बनायें और खुशी से खून बढ़ाएँ, खुद पर हँसे, खुद पर मुस्कराएँ, तनाव दूर भगायें, जिंदगी को सोशल बनायें। आओ हम सब मिलकर मूर्ख दिवस मनाएँ।

29.

सोशल साइट्स की गर्मी

गर्मी परवान चढ़ रही है। मई भी मजबूर लग रही है। जिसे देखो वह अपने किरदार में खोया हुआ पसीना बहा रहा है। कोई धूप में पसीने से नहा रहा है, कोई पंखे की गर्म हवा में स्वयं को सुखाने का प्रयास कर रहा है। सूरज आग उगल रहा है। गर्मी में ठंडक देने वाले उपकरणों के निर्माता, उस आग में बिना जले अपने हाथ सेंक रहे हैं। लोग बेफिक्र होकर तन-मन को ठंडा करने का प्रयास कर रहे हैं। सोशल साइट्स भी बहुत कुछ ठंडी पड़ने लगी है। हमारे शर्मा जी अपनी दिमागी कसरत करके इतने थक गए कि सुबह से लस्सी पीकर बदहजमी दूर करने में लगे हुए हैं। जी हाँ, सोशल साइट के दीवानों में शर्मा जी का नाम शुमार है। इसका नशा जितनी तेजी से चढ़ा, अब उतना ही तेजी से फिसलने लगा। हर चीज की अति भी बुरी है, फिर भी सुधरते नहीं। सुबह से फेसबुकिया गलियों में घूम-घूमकर थक गए, सिर्फ मायूसी हाथ लगी। इधर-उधर की ताक-झाँक में कुछ पुराने गुजरे हुए पलों की तस्वीरें थीं या ऐसे चुटकुले, जिन्हें पढ़कर हँसी ने रेंगना भी पसंद नहीं किया। आखिर दिमागी घोड़े कितने दौड़ेंगे, बेचारे वह भी थकने लगे। दिमाग भी काम करके पसीना बहाता है। उदासीनता, मन में अपना घर

बनाने लगी। सोशल साइट की दीवानगी बढ़ाने के लिए और थकान मिटाने के लिए फ्रिज की ठंडी खाद्य सामग्री, जीभ की लालसा को पूर्ण करने में लगी हुई थी। जीभ की क्षुधा का तो पता नहीं, लेकिन तन का आकार जरूर खुशनुमा होता जा रहा था।

आज कुछ पोस्ट नहीं किया, इस दुःख के कारण शर्मा जी बैचेन आत्मा की तरह भटक रहे थे। अपडेट रखना भी मजबूरी है। कुछ न मिला तो आज पुराने खजाने से कुछ पुरानी तस्वीर निकालकर चिपका दी। मानना होगा, बला की सुंदरता खुद को खुशफ़हम रख रही थी, कि पंखे की हवा पर बिजली ने अपनी लगाम कस दी। काटो तो खून नहीं। वैसे भी आजकल प्रेम की हवा बंद है; जिस पर बिजली विभाग की मेहरबानी ने हवा को भी पछाड़ दिया।

पत्नी की नजरों से कुछ नहीं छुपा था- ''क्यों जी, सुबह से क्या रायता फैला रखा है? गर्मी है तो ठंडाई पीकर आराम करो, काहे खून जला रहे हो।''

''कुछ नहीं।'' शब्दों के साथ चोर नजरें बगलें झाँकने लगीं। अब क्या पत्नी की गर्मी से बेहाल शक्ल ही देखेंगे?

फिर चुपके से अपनी एक और तस्वीर चिपका दी। आँखें किसी को ढूँढ़ने लगीं। कोई तो होगा जो उस छोटी-सी खिड़की पर मिलेगा... लेकिन सिवाय हार के कुछ नहीं मिला। आभासी रिश्ते भी अब शरीर के पसीने की तरह बहने लगे। शर्मा जी की उकताहट इतनी बढ़ गयी कि ऊलजलूल लिखना शुरू कर दिया। सत्य है, दिमाग फिरते समय नहीं लगता। आजकल सोशल साइट पर भी नोटबंदी जैसी बुरी मार पड़ी है। लोगों का उबाल मजबूर हो गया है। बेचारा खून भी उबलता नहीं। कंपनी चलाने वालों को शर्मा जी जैसे कोशिश करने वालों की बहुत जरूरत होती है, नहीं तो कंपनी कैसे चलेगी? यह उदासीनता - पागलपन इसी कंपनी की दीवानगी का नतीजा था। कोई अपनी हद तोड़ भी सकता है, इसी कमजोरी के चलते एक लड़के ने अपना लाइव सुसाइड करता हुआ विडिओ अपलोड कर दिया। इसे पागलपन नहीं तो क्या कहेंगे?

इस मनहूसियत को मिटाने के लिए कंपनी वाले नए-नए लालच देने के लिए तैयार बैठे हैं। आजकल हर कोई एक दूसरे को हलाल करने में लगा हुआ है। सबसे मजेदार बात यह है कि इससे दोनों पक्ष खुश हैं; दोनों को लगता है वह एक दूजे को बेवकूफ़ बना रहे हैं। लेकिन बेवकूफ़ कौन? यह एक अबूझ पहेली बन गया है। कुर्सी के लोग बदलते रहे, लेकिन कुर्सी की महिमा अभी तक नहीं समझे कि कौन किसे बना रहा है। हाल ही में अखबारों में करोड़पति की नयी सूची आयी, जिसमें अम्बानी को भी पीछे छोड़कर कुछ लोग आगे निकल गए।

एक बात समझ नहीं आयी; सस्ता सामान बेचकर कोई करोड़पति कैसे बना? कोई एप बनाकर पेड़े खा रहा है। मज़बूरी, इंसान से जो न करवाये कम है। हमारे शर्मा जी बार-बार इसका शिकार हो रहे थे, फिर भी उनकी शिकार बनने की प्रवृत्ति समाप्त ही नहीं होती है। हम मजबूर हैं... मई में मजबूर दिवस मनायें या अपनी मज़बूरी को छुपायें। दिमागी घोड़े मार खाकर भी नहीं दौड़ रहे हैं। सिर से इतना पसीना निकला कि केश भी नहा लिए, लेखन कैसे करें? कलम को भी पसीने छूट रहे हैं। रंग लेस होली खेली व बिना गुदगुदी के चुटकुले पढ़े। तस्वीरों में भाव-भंगिमा से कसीदाकारी की। जिस पर मई सोंटे मार रही है। दिल-दिमाग सुन्न हो गया है। हमारे संपादक फेसबुकी दुनिया घूमने भेज देते हैं। वक़्त एक-सा नहीं होता। आजकल सोशल साइट पर दुनियादारी लुभाने लगी है। लोग इससे विराम ले रहे हैं तो हम भी विश्राम कर लेते हैं। भाई यह उदासीनता हमें भी मार रही है। लिखना हमारी मज़बूरी है, पढ़ना आपकी मज़बूरी। हम दोनों ही मजबूर हैं। हमें माफ़ करें... शर्मा जी की चहलकदमी हमें बैचेन कर रही है। आप एक गिलास ठंडा पानी पी लें। आज हम मजबूर हैं... आपने हमें झेला, उसके लिए आभार।

30.

हाईटेक जिंदगी

हाईटेक होती जिंदगी ने दिमाग की बत्तियाँ जैसे गुल कर दी हैं। अँधेरे में जलता एक दीपक रौशनी का प्रतीक होता है; आज हाथों में जलते मोबाइल की रौशनी से दुनिया रौशन है। दशहरा हो या दीवाली, बाजार में उपलब्ध नए संशाधन व्यापार को नयी ऊँचाई प्रदान कर रहे हैं। 'जिओ और जीने दो' की तर्ज पर जीने के मायने बदल गये हैं। पहले दीवाली पर मिठाई बाँटी जाती थी, आज फ्री नेट पैक का तोहफा पाकर लोग खुद को भाग्यवान समझते हैं। चोर तो आखिर चोर ही होता है... एक अँगुली पकड़कर पूरा हाथ कब काट देगा, यह हाथ कटने के बाद ही पता चलता है। अब हाथ कटे या जेब, एक ही बात है। आज जिंदगी ने जिंदगी को सच में ही बदल दिया है।

अर्थव्यवस्था औंधे मुँह गिरकर भी ढोल ताशे बजा रही है। हृदय में धधकती आग गप्पबाजी से ही संतुष्ट है। लोगों को जीने का माध्यम मिल गया है। पहले गाँव में चौपाल लगती थी, आज फेसबुक, ट्विटर, ब्लॉग, हाइक, वाट्सअप की चौपाल लगती है। अगल-बगल बैठे घर के दो लोग भी इस चौपाल का आनंद लेते हैं। बतकही आमने-सामने कहीं कोसों दूर

है, पुराना नए रूप को धारण करके पुनर्जीवित हो गया है। महल हो या झोपड़ी, बिन मोबाइल - नेट के थाली अधूरी है। आज भिखारी भी कहते हैं, भैय्या कुछ न दो नेट पैक डलवा दो। जिंदगी तो जिओ के संग बन गयी। नया रंग अब जिओ के संग हाजिर है।

सत्ताधारी के मजबूत दावे, फुस्सी बम की तरह फटकर सत्ताहीन हो रहे हैं। इन्हें किसी तिजोरी में ससम्मान बंद कर देना चाहिए। आतंकवादी की जड़ें मजबूत हो गयी हैं। जैसे साक्षात् यमराज धरती पर उतर आएँ हैं। देश में गाय - बैल की संख्या में वृद्धि हुई है। जहाँ बैल दिखा तो समझो अपनी बारी आ गयी है। नगरनिगम पर केस दर्ज हैं वह गाय बैलों की दादागीरी से परेशान होकर खुद ही दुबक कर बैठ गये है। आज सड़कों पर गाय बैलों का राज्य फल फूल रहा है। गरीब चाय वाले को कुछ बोनस दे देते तो भला हो जाता।

आतंकी रावणों ने इंसानों को उड़ाकर त्योहार मनाना अपना धर्म समझ लिया है। जैसे सबकी साँठ-गाँठ हो गयी है। अस्पताल, पब्लिक, सरगना, अर्थव्यवस्था, सत्ता, सत्ताधारी कोई भी इससे अछूता नहीं रहा है। महँगाई का बैल निरंतर अपनी सफलता की कहानी दर्ज कर रहा है। बादाम औंधे मुँह गिर गया है। आलू ने सेंसेक्स की तरह अपनी ऊँचाई दर्ज की है। दिवाली में बम, पटाखे की गूँज कैसी होगी, ईश्वर जाने या सत्ताधारी जाने। अहंकार के रावण का कद बढ़ता जा रहा है। विनम्रता के राम को आज चिराग लेकर ढूँढ़ना होगा।

'हे राम' का नया स्वरूप 'हाय-राम' हो गया है। जिओ वाले बाबू अब सारे मंत्र सिखा देंगे। हम तो दीवाली पूजन की रस्म निभाकर लक्ष्मी को खुश करने का प्रयास करेंगे। लक्ष्मी जी के संग जिओ वाले बाबू की किरपा बनी रहे। अब 'दिल माँगे मोर, की' तर्ज पर दिल कहता है 'जिओ वाले बाबू जरा गाना बजा दो.... जिओ वाले बाबू जरा जीना सीखा दो।'... दशहरे दीवाली की जिओ शुभकामनाएँ।

31.

डिजिटल इंडिया

हमारे सपनों का शहर। हमारे सपनों का देश। आज जैसे सारे स्वप्न साकार होने की ड्योढ़ी पर खड़े हैं। यह सोचकर ही सुखद प्रतीत होता है, कि भारत को डिजिटल रूप देने के कयास और फिर प्रयास शुरू हो गये हैं। प्रधानमंत्री योजना के अनुसार पेपर लेस कार्य करना कितना अच्छा होगा। देश में कागजों की रद्दी कम हो जाएगी, यहाँ-वहाँ फ़ाइल के ढेर अवशेष बन जायेंगे। हमारे इर्द-गिर्द की दुनिया जादुई दुनिया बन जाएगी। सरकारी टेबलों पर एक कागज नहीं होगा। फाइलों के पीछे, काम के बोझ का मारा बाबू भी नजर नहीं आयेगा। अप-टू-डेट सरकारी अफसर डिजिटल कार्य में आँखें गड़ाए नजर आयेंगे। इधर फ़ॉर्म भरो, उधर मिनटों में फ़ॉर्म जमा हो जायेगा। दुनिया किसी फेंटेसी से कम नहीं होगी। दो मिनट वाली मैगी तो आउट हो गयी है, किन्तु दो मिनट वाला यह कार्य सिर चढ़ कर बोलेगा।

योजना अति सुन्दर है... किन्तु करोड़ों की आबादी वाले देश में यह सपना सार्थक कैसे होगा। भारत का गाँव हो या शहर, बिजली की असीम कृपा बनी रहती है। तीन चार घंटे की लोड शेडिंग कम नहीं होती है। कभी तेज बरसात हुई या तेज हवाएँ चलीं, सबसे पहले बिजली के तार ही टूटते

हैं। सिर्फ मेट्रो शहर को छोड़ दीजिये, बाकी देश का कमोबेश यही हाल चाल है। हाय-हाय के नारे लगाने के बाद भी बिजली की समस्या कायम है। उस पर डिजिटल कार्य, अब ईश्वर ही जाने कैसे संभव होगा। बढ़ती आबादी, कम सुविधायें... हमारे देश में रेंग-रेंग कर आगे बढ़ने की प्रवृत्ति आज भी कायम है। अजी बिजली छोड़िये, गाँव में शौचालय भी नहीं है। करीब पंचानबे करोड़ की आबादी वाले देश में मोबाइल उपभोक्ता करीब इक्कीस करोड़ के आस-पास हैं। आज जनता मोबाइल नेटवर्क के नाम से परेशान है। गाँव में चले जाओ तो नेटवर्क मिलना दूभर हो जाता है। पर बेचारे मोबाइल-धारक की भाग दौड़ उसे वजन घटाने में सहायक सिद्ध होती है। भले नेटवर्क नहीं मिला, किन्तु कुछ वजन तो कम हुआ। पहले लोग घर की चहारदीवारी में बैठकर दूरभाष से वार्ता किया करते थे और आज छोटा-सा मोबाइल हाथों में लेकर, घर क्या सड़कों पर भी जोर-जोर से बोलते नजर आ जाते हैं। कभी-कभी समझ ही नहीं आता कि सामने वाला कानों में स्पीकर लगाकर बात कर रहा है या पागल है, जो अकेले-अकेले बड़बड़ाते हुए चल रहा है। सामने वाले तक भले ही बात न पहुँची हो, किन्तु अड़ोस पड़ोस की चलती-फिरती काया व दीवारें सब सुन लेती हैं। फेसबुक और ट्विटर पर न बैठ पाने के दुःख में कई लोगों की साँसें जैसे रुक जाती हैं। लोग पूनम के चाँद की तरह साँसें रोककर नेटवर्क से तार जुड़ने की राह देखते हैं, जैसे बिना नेटवर्क के उनका खाना- पीना बहाल हो गया था। ऐसे में डिजिटल तकनीक कैसे कार्य करेगी? हमारे छोटे से दिमाग में जैसे दही जमना प्रारंभ हो गया है।

पेपरलेस वर्क की बातें करने के साथ ही सरकारी मजमों को फरमान सुनाया गया, कि अब से सारा कार्य कंप्यूटर पर होगा। अब सरकारी नौकरशाही का आदेश तो सरकारी दफ्तरों में लागू होना लाजमी था। एक किस्सा याद आ रहा है। कचहरी में भी क़ानूनी दस्तावेज कंप्यूटर की निधि बन चुके हैं। एक महत्वपूर्ण केस पर जज साहब फैसला सुना रहे थे; जजमेंट, कंप्यूटर पर अपनी तेज गति के साथ टाइप किया जा रहा था कि अचानक बिजली विभाग की मेहरबानी हुई और बत्ती गुल। अजी गुल हुई तो हुई, सारा जजमेंट भी गायब हो गया। हमारे यहाँ तकनीकी सामान की कोई गारंटी नहीं होती है और ऊपर से सरकारी सामान... तौबा तौबा...! अब

जज साहब को काटो तो खून नहीं। एक तरफ कार्य की भरमार, दूसरी तरफ तकनीकी मार। कमोबेश यही हाल रहा तो काहे का डिजिटल इंडिया... डिजिट ही गायब हो जायेंगे। वक़्त की बर्बादी से देश तरक्की करेगा या पिछड़ेगा, यह तो वक़्त की बताएगा। देश में स्पेक्ट्रम की भी कमी है, बेरोजगारी कायम है। जो लोग अंतरजाल और डिजिटल तकनीक से दूर हैं; उन्हें कैसे जोड़ेंगे। भारत की आधी से ज्यादा आबादी, पीली रेखा के नीचे आती है, जहाँ दो जून खाना सुलभ नहीं है... वहाँ यह तकनीक कैसे कार्य करेगी। डिजिटल तकनीक के माध्यम से चोरी, कालाबाजारी बढ़ने की सम्भावना है। गरीब तबका बैंक में अपना पैसा जमा कराता है। जब सभी कार्य डिजिटल होंगे तो बैंक में भी शुरू होना लाजमी है। हाल ही में एक वाकया हुआ। हर किसी को एटीएम से पैसा निकालना नहीं आता है। गाँव के एक व्यक्ति ने एटीएम से पैसा निकालने में वहीं के गार्ड से मदद ली। हर बार वह उसी की सहायता लेता रहा। बाद में उसी गार्ड ने उसका एटीएम खाली कर दिया। जिन लोगों के पास नेट या डिजिटल सुविधाएँ नहीं हैं, उन्हें दूसरों को पैसा देकर यह कार्य करवाना पड़ता है। हमारे यहाँ कम उपभोक्ता, नेट का इस्तेमाल करते हैं। जो उपभोक्ता नेट उपयोग करते हैं, वह स्पीड की समस्या से ग्रस्त हैं। परेशानियाँ काल के मुँह की तरह मुँह बाये खड़ी हैं। निदान क्या होगा यह नीति तय करेगी। पूरे भारत को पहले साक्षर होना आवश्यक है; तीसरी दुनिया की तरह धनवान भी होना जरूरी है। घर के पैसे को घर में रखना और तरक्की करना किसी बनिया से सीखा जाये तो सफलता के पैमाने बढ़ जायेंगे। खैर हम अड़ंगा नहीं लगा रहे हैं... डिजिटल इंडिया बन गया तो आधी समस्या कम हो जाएगी, यही कामना हृदय में है जय भारत।

32.

दर्शन से प्रदर्शन तक

हिंदी-काव्य की बहती धारा में जन-जन ओत-प्रोत हैं। हिंदी के बढ़ते चलन और योगदान के लिए सबका प्यारा फेसबुक अपनी महत्वपूर्ण भूमिका अदा कर रहा है। हिंदी की इतनी उपजाऊ धरती में कविताओं की लहलहाती फसल, हर उम्र के लोगों को आकर्षित कर रही है। किन्तु यह क्या... देखते-देखते यह लहलहाती फसल अचानक गाजर घास के जैसी फैलने लगी है। विद्वज्जन और साहित्यकार सभी चिंतित हैं। अचानक से इतने सारे रचनाकार कहाँ से आ गये हैं। साहित्यकार होना अच्छी बात है। फेसबुक एक पाठशाला की तरह बन गया है। लिखना-पढ़ना कोई बुरी आदत नहीं है, किन्तु यहाँ तो सभी ज्ञानी, बड़े- बड़े कलमकारों को मात देने लगे हैं। फेसबुकिया बुखार के चलते नौसिखिये, वाहवाही, सुन-सुनकर स्वयं को ज्ञानी समझने लगे हैं। कोई भी रचनाकार क्यों न हो, रचना में नुक्स निकालना उनकी आदत में शुमार हो गया है। जो नौसिखिया हो, उसे सिखाओ... भले ही अपना आधा कचरा ज्ञान बाँटो। यदि कोई बड़ा साहित्यकार निकल जाये तो बत्तीसी दिखाकर खिसक लो। हाल ही में एक मजेदार वाकया हुआ। हमारी रचना पर टिप्पणी के साथ-साथ हमारे चैट बक्से में मीन-मेख भरी टिप्पणी आयी। शब्दों पर ज्ञान बाँटा गया, लय

ताल की बारीकियाँ समझाई गयीं। खैर, आदतन हमने विनम्र भाव से कहा-

''हमें तो ठीक प्रतीत हो रहा है; हम अपने साहित्यिक मित्रों से चर्चा करेंगे। साथ ही यह भी कह दिया यह सभी प्रकाशित है, इस पर शोध किया गया है; फिर भी आपकी सलाह व शब्दों पर विचार करेंगे।''

जनाब गर्व में गुब्बारे की तरह फूल गए और सीना चौड़ा करके बोले- मैं बड़े-बड़े रचनाकार और उस्तादों के साथ रहता हूँ, आपको जरूर ज्ञान दूँगा, उनसे भी चर्चा करूँगा।

अगले दिन क्षमा के साथ हमें विजेता घोषित कर दिया गया। जब हमने उन जनाब से पूछा, आप क्या करते हैं? तो उत्तर मिला, अभी 2 रचना ही लिखी है, लिखना सीख रहें है। अब ऐसे ज्ञान पर हँसें या मूर्खता पर शोध करें या किसी को ज्ञान बाँटे। ऐसा भी क्या डींगें हाँकना कि स्वयं पर सवालिया निशान खड़े हो जाएँ।

फेसबुक कोई अलग दुनिया नहीं है। जग के सारे जालसाज लोग भी इसमें शामिल है। बड़े-बड़े रचनाकार... ग़ालिब, गुलज़ार, नईम और जावेद अख्तर सभी यहाँ मौजूद हैं। लेकिन दुःख की बात यह है कि इन सभी महान विभूतियों के साथ नए स्थापित रचनाकार की रचनाएँ, किसी-न-किसी लम्पट लोगों द्वारा उनके अपने नाम से फेसबुक पर प्रकाशित मिल जाएँगी। फेसबुक क्या, अन्य पत्र-पत्रिकाओं में भी हुनर के यह गुण नजर आते हैं; यानि चोरी भी और सीना जोरी भी। दुनिया गोल है; प्राणी कहीं-न-कहीं टकरा ही जाते हैं। इसी प्रकार यह रचनाएँ जब उसके असली रचनाकार के सम्मुख किसी दूसरे के नाम से सामने दिखती हैं, तो उसके दुःख की कोई सीमा नहीं होती है। फेसबुकी बुखार ने लोगों के होश उड़ा रखे हैं। ग्लैमर का नया क्षेत्र, जहाँ आसमान भी है, तो नए परिंदों का आशियाँ भी बन गया है। दर्शन और प्रदर्शन तक सभी का बोलबाला है। ऊँची दुँकान और फीके पकवान की तरह, अब दर्शन खोटे वाला मामला व्यंग्यकारों ने दाखिल कर लिया है। आगे-आगे देखते हैं, यह फेसबुकिया बुखार क्या-क्या रंग दिखलाता है। इसी कड़ी में आपसे अगले महीने मिलूँगी, तब तक के लिए हम इस आसमान की रंगिन बारिश का आनंद लेने जाते हैं।

33.

फेसबुक *बनाम* जिंदगी

ओह! सुबह हो गयी। जल्दी से गुड मॉर्निंग कहूँ। ओह हो! अभी-अभी मंजन किया है... जरा, कोलगेट स्माइल चिपका दूँ। आज तो बाहर डिनर है। आज मैंने डिनर में क्या-क्या खाया, पहले जल्दी से शेयर तो करूँ... दो चार पंक्ति भी लिखूँ। वाह-वाह! लाइक पर लाइक और इतने सारे कमेंट्स, आनंद आ गया ... मैं तो छा गया। अपना छायाचित्र भी बदल लेता हूँ। फेसबुक ने तो जिंदगी के मायने बदल दिए हैं। कौन कहता है कि मैं परवाह नहीं करता... माँ के साथ चित्र, दादी के जन्म-दिन की तस्वीर; भले ही दादी – माँ को ज्ञात ही न हो कि आज उनका जन्म-दिन इतनी धूमधाम से मनाया गया है। तस्वीरें क्या बयां कर रही हैं और हकीकत क्या है, यह तो अल्लाह ही जाने। पर एक बात तो साफ़ हो गयी है, कि दादी आज फेमस हो गयी हैं। बेटा वाहवाही लूट रहा है, दादी इसी बात से खुश है। चलो उसके साथ किसी ने गलती से एक तस्वीर तो खींची। भले, घर में किसी को गुडनाइट या गुड नाईट नहीं कहेंगे; किन्तु फेसबुक को कहना नहीं भूलते। अब तो दिन-रात बस माला जपते रहो और कहो- ''फेसबुक बाबा की जय।''

कौन कहता है दुनिया सिमट गयी है? लोग बदल गए हैं। भाई, अब

तो जिंदगी एक खुली किताब हो गयी है। परियों की कथाओं की तरह एक नयी दुनिया ने जन्म लिया और सबको अपने मोहपाश में ऐसा बाँधा, कि कोई भी इससे बच नहीं पाया है। जिंदगी के मायने बदल गए हैं। जीवन, बंद कमरों से निकलकर बाहरी दुनिया से जुड़ गया है। हाँ जी, हम बात कर रहे हैं सोशल मिडिया फेसबुक की, जो आजकल घुसपैठ की तरह हमारे जीवन में घुस गया है।

हाँ जी, यह वही फेसबुक है, जिसने आम आदमी को भी आज खास बना दिया है... या यों कहे कि सुपर स्टार बना दिया है। शुरू-शुरू में चर्चा थी कि बबुआ फेसबुक आया है। अमीरों के चोंचले कब आम जीवन की जरूरत बन गए, किसी को भनक नहीं पड़ी। अकेले घर में बैठे-बैठे लोग जहाँ अपने अड़ोसी-पड़ोसी से कट गए, वहीं फेसबुक के जरिये पूरी दुनिया से जुड़ गए हैं। कितना सच है कितना झूठ, कोई नहीं जानता; किन्तु झूठ का बड़ा-सा मायाजाल ऐसा फैला हुआ है, जिसकी चमक में सब धुँधला पड़ गया। एक नशा, जो सर चढ़ कर बोलता है।

ऐसी बात नहीं है कि यहाँ सिर्फ धोखा ही है। फेसबुक भी अनेक रंगों से सजा मृगतृष्णा का मायाजाल है। अच्छाई है तो बुराई भी है। फेसबुक हर भाषा में मौजूद है। लोगों की जरूरत के अनुसार इसे किसी भी भाषा में लिख सकते हैं और लोग इसकी उँगलियों पर नाच रहे हैं। लोग हिंदी सीख रहे हैं, हिंदी लिख रहे हैं। एक बात की बहुत हैरानी होती है कि हिंदी में खुद को महान दिखाना भी नहीं भूलते हैं। भेड़चाल की तरह भारी -भारी, शब्दों का प्रयोग। क्लिष्ट भाषा भले ही पूर्णतः समझ में नहीं आये, पन्ने पर पन्ने भरते चले जायेंगे। उफ़! पढ़ कर कई बार ऐसा लगता है कि जो भाषा आम आदमी की है, वह तो उसकी समझ से भी बाहर हो गयी। खैर! कलयुग सच में कलयुग ही है। डिक्शनरी से भारी शब्दों को ढूँढ़कर लिखना कोई मजाक नहीं है। बहुत मेहनत का कार्य है। हर त्योहार पर फेसबुक के पन्ने भारी भरकम शब्दों से सजे अपनी ठसक दिखाते रहते हैं।

आज बंद कमरों में बैठे जोड़े आपस में बात नहीं करते हैं, किन्तु फेसबुक पर विचारों का आदान-प्रदान शुरू रहता है। जहाँ कई बुराइयों ने जन्म लिया है, वहीं कुछ अच्छा पक्ष भी है। अच्छे लोगों से मेलजोल,

विचारों का आदान-प्रदान। हर क्षेत्र की उपलब्धि की कहानी कहता है।

लिखने-पढ़ने और अन्य क्षेत्र में रुचि रखने वालों के लिए यह खुला मंच है, जहाँ उसे बहुत कुछ सीखने को मिलता है। कुछ अच्छे लोगों का सान्निध्य भी प्राप्त होता है। जब अच्छाई है तो बुराई भी दो कदम आगे चल रही है। कई धूर्त लोग तो यहाँ गुरु बनकर ज्ञान बाँटते नजर आते हैं। भले उतना ज्ञान उनके पास न हो। यहाँ हर कोई महान व चमकता सितारा है। आभासी दुनिया का ऐसा दलदल, जहाँ कोई सितारा अँधेरों में खो जाता है, तो कोई नयी रौशनी ग्रहण करके आसमान में चमकता रहता है। जो भी है जैसा भी है, यह फेसबुक हमारा है। जिसके बिना लोगों की साँसें थमने लगती हैं। धीरे-धीरे ग्रसित कर रहा यह रोग अंततः किस स्थिति में ले जायेगा, कहना असंभव है। विद्यार्थी और छोटे बच्चों को भी इस रोग ने अपनी चपेट में ले लिया है। एक तरह से बच्चों का भविष्य दाँव पर लगा हुआ है। पढ़ाई से विमुख होते यह बच्चे सोशल मिडिया की चपेट में बुरी तरह फँस रहे हैं। उन्हें भविष्य की चिंता ही नहीं है। मिडिया का आकर्षण उन्हें चोरी-चुपके कई गलत मार्ग दिखा रहा है। इससे आज महिलाएँ भी दूर नहीं हैं। अपनी ज्ञान-पिपासा को शांत करने के लिए यह मीडिया जितना कारगर है, उतना ही गलत कृत्य को अंजाम देने का जिम्मेदार भी है। इस आभासी दुनिया के मायाजाल में फिलहाल पूरी दुनिया रम गयी है। हर कोई भोले शंकर को भूलकर दिन-रात भजन गा रहा है- वाह वाह

आप जरा फेसबुक पर हर त्योहार के कमाल भी तो देखिये।

लो जी भइया! अब तो होली भी आ गयी। जे बात! हर तरफ आनंद ही आनंद है। नजरें तस्वीरों में गड़ी रहेंगी और अपनी आँखें सेंकेंगी। बिना पानी और बिना रंग के शब्दों की होली कहीं देखी है भइया? नहीं देखी हो तो फेसबुक पर आ जाओ। शब्दों की मार, रंग-बिरंगी तस्वीरों की बौछार, आभासी दुनिया का जमकर प्यार। आय हाय! ऐसी होली के क्या कहने? घर बैठे पूरी दुनिया के संग होली खेल रहे हैं और दुनिया आपको होली खेलते हुए देख भी रही है। जिन्होंने बाहर होली नहीं खेली, वह घर बैठकर होली खेल रहे हैं आभासी होली का असीम सुख चहारदीवारी के अंदर मिल रहा है। घर वालों के साथ नहीं, किन्तु दुनिया को होली का आनंद लोगों ने

दिखा ही दिया है। तो बोलो फेसबुक बाबा की जय!

34.

नकचढ़ी मीडिया

पहले अखबार की दस्तक पर लोगों की आँख खुलती थी। अखबार के साथ जब तक चाय न हो, खबर भी अधूरी-सी लगती थी। रेडियो के समाचार या विविध भारती का अंतिम गाना सुनने के बाद ही लोग आँखें बंद करते थे। जिंदगी बदस्तूर चल रही थी। बाद में बुद्धू बक्से के धारावाहिकों ने नींदें चुरा लीं। लेकिन मीडिया के चैनलों ने दुनिया का नक्शा ही बदल दिया। फेसबुक, वाट्सअप, ट्विटर ने सारे परिदृश्यों को धूल चटा दिया है। सर चढ़ी हुई मीडिया अब नकचढ़ी हो गयी है; उसका गुमान इतना बढ़ गया कि बिना नमक, तेल और मिर्ची के हर जगह छौंक लगाने लगी है। बड़े-बड़ों को इशारों पर नचाना उसके बाएँ हाथ का खेल हो गया है। कल तक जो सोशल था, सोशल मीडिया की नज़रों से उतरने के बाद तीन कौड़ी का दिखने लगता है।

वैसे भी हमारी मीडिया किसी स्वप्न-सुंदरी से कम नहीं है। इसके लाखों दीवाने इसके आसमान पर बैठने के लिए तैयार रहते हैं। मीडिया पर कोई क्या लगाम कसेगा? मीडिया के प्रभाव से तो अच्छे-अच्छे डरते हैं। पद यात्राएँ, जुलूस, धरने, सभाएँ, बड़ी-बड़ी रैलियाँ, जो काम करती थीं,

अब वह कार्य ट्विटर का एक वाक्य कर देता है... फिर फेसबुक, वाट्स अप, अखबार उसकी व्याख्या करने का कार्य बखूबी करते हैं। सोशल मीडिया की इस पैंतरेबाजी ने जहाँ विश्वसनीयता को दाँव पर लगा दिया है, वहीं संवेदनाओं को मार भी दिया है। कब कहाँ किसी चाय वाले को आसमान पर पहुँचा दे; या फिर चाँदी का चम्मच लेकर पैदा हुए को धूल चटा दे, यह उसके बाएँ हाथ का खेल है। अब चाय वाले को क्या करना; आम आदमी से उसे क्या मतलब है... उसकी रोजी-रोटी तो चाय से चलती है। कभी-कभी लगता है। यह सोशल मीडिया भस्मासुर का अदृश्य अवतार तो नहीं है, जो अपनी विश्वसनीयता को दाँव पर लगाने में आगा-पीछा नहीं सोचती है।

मीडिया, जहाँ एक ओर अपराधी की नाक में दम करती है, वहीं आम आदमी की खासमखास बनने का प्रयत्न भी कर रही है। हाल ही में एक वाकया हुआ। जब राहुल गाँधी अपनी छुट्टियाँ विदेश में व्यतीत कर भारत लौटे, तो मीडिया, खोजी कुत्ते की तरह उनके पीछे लग गयी। सवालों के पुलिंदे हवा में लहराने लगे। कहाँ-क्यों-कैसे और किसके साथ समय व्यतीत किया? कब-क्यों क्या-कौन-सा कार्य किया? जब भारत आये तो क्या - खाया, क्या-पिया? अरे छींक आ गयी... यह कैसे हुआ? फिर स्वयं निष्कर्ष निकाला कि राहुल को यहाँ की हवा से जुकाम हो गया। अब हवा की क्या गलती है, यह तो मीडिया ही जाने। पूरा किस्सा मिर्च मसाले के साथ दुनिया को परोसा गया, जिसे लोगों ने भी उतना ही चटकारे लेकर खाया। लो जी लो इसे कहते है सच्चा दोस्त। हमारी मीडिया सुंदरी सिर्फ सुख की भागीदार नहीं है, वह सभी के दुःख में भी उतनी ही शिद्दत से शामिल होती है। चाहे बोरवेल में गिरा हुआ बच्चा हो; सलमान खान, संजय दत्त के कोर्ट का मामला, मीडिया ने हर किसी के आँसू पोंछे हैं।

मीडिया सिर्फ हाई प्रोफाइल वालों की नहीं, आम जनता की भी सगी है; वह उनसे पूरी संवेदना रखती है। भले उसके आँसू पोंछने का अंदाज निराला होता है। कई बार हमने समाचारों में देखा है, यदि कोई बच्चा बोर वेल में फँस गया है तो मीडिया बार-बार यही सवाल करती नजर आती है... आइए हम बच्चे के माँ-बाप से मिलते हैं; उन्हें कैसा लग रहा है, वह इस

समय क्या सोचते हैं, प्रशासन के लिए क्या कहना चाहते हैं।

देखिये- ''आपको कैसा लग रहा है? आपका बच्चा बोर वेल में फँसा हुआ है।'' माइक जैसे ही बच्चे के माता-पिता के सामने गया, उन्होंने ऐसी स्थिति में भी स्वयं को ठीक-ठाक किया और मिले-जुले भाव से चिंता व्यक्त करते हुए मीडिया से गुहार लगा दी। लो भई! बच्चा वहाँ रोये जा रहा है और यहाँ देश भर से एस एम् एस बुलाये जा रहे हैं। अगर आप बच्चे के साथ हैं तो हाँ लिखें। दुनिया वाकई सट्टेबाजों की है। मीडिया पर भी सट्टा लगाया जाता है। हाल ही में सलमान खान का कोर्ट केस था। मीडिया के दस्ते सलमान के घर और कोर्ट के बाहर अपनी ऐनक लगाये खड़े थे। जैसे ही सलमान को सजा मुक़र्रर हुई, मीडिया ने वहाँ का मजमा देख रहे लोगों के हुजूम को दिखाते हुए कहा-

''देखिये! लोग भी उनके दुःख में शामिल हैं।'' जैसे ही लोगों ने कैमरे का मुँह अपनी तरफ देखा – वैसे ही मुस्कराते हुए सामने आने की बैचेनी बढ़ गयी। अजी बुद्धू बक्से पर नजर आने का मौका फिर न जाने कब मिलेगा। बड़ी हास्यापद स्थिति नजर आती है। मीडिया भी इस तरह के लम्पट लोगों से अनजान नहीं है। आजकल जहाँ लोग अपनों के सगे नहीं हैं, वहाँ वह किसी के दुःख में क्या शामिल होंगे।

मीडिया अपनी जान की परवाह किये बिना हर जगह अपने कदमों के निशान छोड़ती है। प्रकृति के कोप, भूकंप ने दुनिया को हिलाकर रख दिया है। प्रकृति का कोप-भाजन भी मनुष्य के कर्मों का ही नतीजा है। प्रकृति से खिलवाड़ करने का जवाब प्रकृति स्वयं देती है। जानमाल की हानि और इस विकट स्थिति में मीडिया ने अपनी बागडोर बखूबी सँभाली है। ऐसी जगह बेखौफ पहुँचकर मीडिया ने हर स्थिति का जायजा लिया और लोगों को विकट परिस्थिति से बचाने का हर-संभव प्रयास किया है। मीडिया, देश - दुनिया के बीच की सेतु बनी है। मीडिया की शिद्दत से कार्य करने की लगन को हम सलाम करते हैं। वैसे कुछ भी कहें; बिना मीडिया के जिन्दगी बेरंग हो जाएगी।

35.

फेसबुकी दीपावली

फेक का अँग्रेजी अर्थ है धोखा व फेस यानि चेहरा। दुनिया में आभासी दुनिया का चमकता चेहरा एक मृगतृष्णा के समान है, जो आज सभी को सम्मोहित कर चुका है। नित्य समाचार की तरह सुपर फास्ट खबरें यहाँ अपने पैर पसार लेती हैं। कहीं हँसी के ठहाके, कहीं आत्ममुग्ध तस्वीरें। कहीं प्रेम, कहीं शब्दों की बंदूकें... हर तरफ एक बड़े मॉल का एहसास। जैसे आज दुनिया हमारे पास है... जैसे दुनिया बस एक मुट्ठी में समा गयी है।

देश में कुछ समय से सफाई अभियान शुरू किया गया था। नेता जी की वाणी का ओज और झाड़ू का बोझ... दोनों का करिश्मा ऐसा था, कि देखने वाले भी हक्के-बक्के हो गए। वायरस की तरह कचरा अभियान की बीमारी ने पूरे देश को अपनी गिरफ्त में ले लिया था। जिसे देखो, वह अपनी ताजा तस्वीरों को झाड़ू के साथ पोज बनाकर हर जगह मौजूद था। भले ही वहाँ कचरे का नामोनिशान भी नहीं हो। किन्तु झाड़ू को सफ़ेद झक्क पोशाकधारक के साथ तस्वीरों में तवज्जो मिलने का सौभाग्य प्राप्त हुआ। कुछ लोगों ने स्वयं कचरा वहाँ फैलाया और सफाई अभियान का श्री गणेश

कर दिया। लक्ष्मी, झाड़ू का साथ मिलना सौभाग्यशाली था।

एक दिन हमारे एक मित्र, जिन्हें अंतर्जाल का रोग अभी तक नहीं लगा था, उन्हें जब हमने पूरे सम्मान के साथ तस्वीरों को दिखाया और उसकी महिमा का गुणगान किया; बेचारे हमारे सामने हाथ जोड़कर खड़े हो गए –

प्रभु! हमें भी दूध मलाई का आनंद लेने दो; यह पकवान देखकर हमारी भी नीयत बिगड़ रही है।

हमें अपनी काबिलियत पर बड़ा गुरूर हुआ। खैर... हमें भी कुछ पुण्य कमाने का मौका मिला है। अहोभाग्य हमारे, इसे कैसे छोड़ सकते हैं? आत्मशांति का कुछ प्रसाद मिल जाये तो कलेजे को ठंडक मिलती है। जब सफाई अभियान प्रारंभ हुआ, तो फेसबुक भला इससे पृथक कहाँ है? दीपावली में लक्ष्मी आगमन के पूर्व साफ़-सफाई की जाती है, घर को सजाया जाता है। कुछ लोगों द्वारा सफाई अभियान की बाकायदा तस्वीरें लोड की गयीं। बहुतेरे नींद से जागे, कि दीपावली आ गयी। फिर जैसे सफाई की प्रतियोगिता प्रारंभ हो गयी। हर किसी में होड़ लगी हुई थी, कि किस तरह उम्दा चमकती सफाई करके सितारे की भाँति खुद को भी चमका लिया जाये। भाई, कचरा अभियान को जब मीडिया ने इतनी तवज्जो दी है, फिर यह दीपवाली है। हम किसी से तुलना नहीं कर सकते हैं। हर घर की सफाई देखने का परमानन्द मिला। हमारे पड़ोस का एक किस्सा है। अचानक घर में उठे तूफ़ान को शांति की सास समझ ही नहीं सकी कि क्या हुआ। रोज बहू को बिस्तर तोड़ने और मोबाइल खोलने से फुर्सत नहीं मिलती थी। आज अचानक कौन-सा चमत्कार हुआ कि बहूरानी झाड़ू लेकर नजर आ रही हैं। बेचारी शांति की सास को जैसे लकवा मार गया। हाय राम! न जाने बहू के पीछे कौन-सा भूत प्रेत लग गया। खैर... दिन भर शांति ने झाड़ू अभियान के साथ-साथ तस्वीर अभियान भी शुरू रखा। शाम को पतिदेव घर आये तो सास और पति के साथ विजयी तस्वीर चिपका दी। अन्ततः उसे स्वयं को विजेता घोषित करते हुए, अपने फेसबुकी घर की वॉल पर टाँग दिया गया। हजारों लाइक, और अनंत टिप्पणी। बधाई सन्देश का असर ऐसा हुआ कि लोगों ने शांति की सास को घर जाकर बधाई दी। ''आपको एक कुशल समझदार बहू मिलने का सौभाग्य प्राप्त हुआ है।''

कहकर सम्मानित किया गया। आभासी संसार की इतनी अच्छी पाठशाला और कहीं नहीं हो सकती है।

जगमगाते रिश्ते-बिगड़ती बातें... कहीं बम के हथगोले, कहीं चमकती रंगीनियाँ। ऐसी शानदार दीपावली दुनिया की एक ही छत के नीचे होती है। सफाई अभियान प्रारंभ है; तो मित्रों का अभियान कैसे पीछे रह सकता है। दोस्तों को अमित्र करने का अभियान भी प्रारंभ हो चुका था। अनेक शब्द बम और फुलझड़ियों द्वारा मित्रों को अमित्र करने की प्यारी-प्यारी चकरी और रॉकेट छोड़े जा चुके थे। नयी-नयी लस्सी और मिठाई का रोज-रोज आनंद लेने का चस्का लोगों को ऐसा लगा, कि जब तक पटाखे न छोड़े, तब तक दीपावली कैसी। अजी, यहाँ महिला मित्र हो या पुरुष मित्र; मनुहार की बंदूकें व मिठाई के अनार फूटते ही रहते हैं। खैर... यह तो है दिवाली का सफाई अभियान; जो घर-घर से लेकर फेसबुक तक कायम है।

एक प्रश्न दिमाग में बिगड़े बल्ब की तरह बार-बार बंद चालू हो रहा है; बम, दिमाग में जैसे फटने के लिए उतावले हो रहे थे। क्या कभी किसी ने सोचा कि हम धरती के साथ-साथ अम्बर में भी कितना कचरा जमा कर रहे हैं। आज धरती कचरे के बोझ तले मर रही है। नए-नए ग्रह की खोज करने में नित्य मानव स्पेस में कचरा फेंकता है... चाहे यह अंतरजाल हो, फेसबुक हो या ट्विटर। यह कचरा सेटेलाइट में जाकर जमा हो रहा है, उसे कैसे साफ़ करेंगे? ध्वनि प्रदूषण, वायु प्रदूषण, खाद्य प्रदूषण, ...वगैरह; दुनिया में प्रदूषित कचरे के अनगिनत ढेर लग चुके हैं। यह कचरा कौन-सी ओज वाणी साफ़ करेगी? यहाँ दीपावली कब मनाएँगे? इस धरती को कब सजायेंगे?

यह फिरकी तेजी से सबके दिमागी घर में घूमे और अपना स्वस्थ असर दिखाए... जय हिन्द!

36.

मूर्खों का साम्राज्य

मूर्ख दिवस मनाने का रिवाज काफी पुराना है। लोग पलकें बिछाये 1 अप्रैल की राह देखते हैं। वैसे हम लोग साल भर मूर्ख बनते ही रहते हैं; किन्तु फिर भी हमने अपने मूर्ख बनने के लिए एक दिन निर्धारित कर लिया है। भाई, कहने को जरूर कहा जाता है कि 1 अप्रैल था; हम तो अच्छे वाले फूल हैं, जो साल भर खुद को फूल बनाते हैं।

अब आप सोचेंगे, स्वयं को मूर्ख बनाना भी कोई बहुत बड़ा कार्य है... नहीं, कोई ऐसा क्यों करना चाहेगा? लेकिन कटु सत्य है भाई, आजकल अंतरजाल ने लोगों को मूर्ख बनाने का अच्छा जरिया प्रस्तुत किया है। अलग-अलग पोज की तस्वीरें, उन पर शब्दों की टूटी-फूटी मार, हजारों के लाइक्स; वाह-वाह! अच्छे-अच्छे को चने के झाड़ पर चढ़ा देते हैं। व्यक्ति फूलकर पूरा गुब्बारा ही बन जाता है। न बाबा न! हम किसी को मूर्ख नहीं बनाएँगे।

भाई, अंग्रेज तो चले गए, लेकिन अपने सारे खेल यहीं छोड़ गए। देशी लोगों ने भी उसे बड़ी शिद्दत से अपनाया है। खेल अपने अलग-

अलग रूपों में जारी हैं। आज देश की जनता छलावे में आकर रोज फूल बन रही है। जनता को नित नए सपने दिखाए जाते हैं; रोज नयी खुशबू भरा अखबार आँखों में नयी चमक पैदा करता है... राम राज्य आएगा की तर्ज पर। रामराज्य तो नहीं आया, किन्तु रावण और अराजकता का राज्य चलने लगा है। नए-नए सर्वेक्षण होते हैं। हम तो पहले भी मूर्ख बनते थे, आज भी बनते है। अच्छे दिन आएँगे; परन्तु अच्छे दिन आते ही नहीं हैं। हम हँसते-हँसते मूर्ख बनते हैं। मूर्खता और मुस्कराने का सीधा सम्बन्ध है, मूर्ख बनकर तमगा तो मिला नहीं, किन्तु मुस्कुराहट के पीछे अपनी मूर्खता को छुपा दिया। सपने दिखाने वाले अपने सफ़ेद पोश कपड़ों में नए चेहरे के साथ विराजमान हो जाते हैं, साथ ही साथ आयाराम गयाराम का खेल अपने पूरे उन्माद पर चलता रहता है।

आजकल व्यापारी भी बहुत सचेत हो गये हैं; हर कोई बहती गंगा में हाथ धोता है। एक बार हम आँखों के डॉक्टर के पास गए। उन्होंने परचा बनाकर आँखों का नया कवच धारण करने का आदेश दिया। हम कवच बनवाने दुकान पर गए। आँख का कवच यानि चश्मा। हमें लम्बा चौड़ा बिल थमा दिया गया। रु0 2,000 का बिल देखकर हम भौचक्के रह गए।

''अरे भाई! ये क्या किया, इतना महँगा...'' आगे शब्द हलक में अटक गए। चश्मे का व्यापारी बोला - भाई, साल भर में रु0 10,000 के कपड़े लेते हो और फेंक देते हो, फिर चश्मे के लिए काहे सोचते हो; वह तो सालभर वैसा ही चलता है, न रंग चोखा न फीका... भैय्या जान है तो जहान है।'' यहाँ हर कोई जैसे उस्तरा चलाने के लिए तैयार बैठा है। आपकी गर्दन हलाल। भेल खाओ या खुद दिमागी भेल बनाओ।

त्योहार पर हर व्यापारी मँजे हुए रंग लगाता है। तो फल-फूल, तरकारी कहाँ पीछे रहने वाले हैं। अक्सर मौका देखकर व्यापारी चौका लगा देते हैं। जहाँ भी नजर घुमाओ। हर दिन हँसते-हँसते आप मूर्ख बनते हैं और आगे भी बनते भी रहेंगे।

हमारी पड़ोसन खुद को बहुत होशियार समझती थी। सब्जी वाले से भिन्डी की सब्जी खरीदी और ऊपर से 2-4 भिन्डी पर हाथ साफ़ करके ऐसी प्रतिक्रिया दी, जैसे किला फतह कर लिया हो। काहे... तरकारी वाले

को बेवकूफ समझा है का; वह तो पहले ही डंडी मारकर अपना हाथ साफ कर लेता है। 1 किलो में तीन पाँव देकर अपनी रसभरी बातों में उलझा देता है।

कहता है- ''अरे माई हम ईमानदार हैं, कम नहीं देंगे; लो ऊपर से ले लो, दुई चार भिन्डी। भिन्डी न हुई, पर हालत टिंडी हो गयी। चोरी की लाज मुखड़े पर फैल गयी।''

हर जगह रिश्ते में भी मूर्खता का साम्राज्य फैला हुआ है। पति-पत्नी, माँ-पिता, भाई-बहन एक दूसरे को भी मूर्ख बनाते हैं। न बात न चीत, लो युद्ध कायम है, तरकश हमेशा तैयार होता है। आज बिना वजह शक पैदा करना, नयी हवा का असर है। मीडिया, रोज सावधान इंडिया जैसे कार्यक्रम पूरी शिद्दत से प्रस्तुत करता है। जनता भोली-भाली बेचारी, पूरी तन्मयता से सुखानंद लेती है। क्राइम जो न करे वह भी इसकी लपेट में दम तोड़ता है। कुछ करने को रहा नहीं है। आजकल भौंड़े प्रोग्राम और ख़बरें हर तरफ साँस ले रहे हैं। हर तरफ मूर्खों का बोलबाला है।

नए ज़माने की नयी हवा बहुत बुद्धिमान है। स्वयं को मूर्ख साबित करो, एक दो काम का बैंड बजा दो; तब बॉस की आँख-कान से ऐसा धुँआ निकलेगा, कि वह चार बार सोचेगा। इस मूर्ख को काम देने से तो अच्छा है खुद मूर्ख बन जाओ।

अब देखिये... हाल की ही बात है; बजट प्रस्तुत किया गया। जनता पूरी आँखें बिछाकर बैठी थी। हमारे काबिल नेताओं की घमासान बातों का जनता ने रसपान किया। अंत में किसी को लाठी और किसी को भैंस। टैक्स के नाम पर एक कान पकड़े तो दूसरे खींच लिए। इतने कर लगाये कि कुर्ते की एक जेब में पैसा डालो तो दूसरी जेब से बाहर आ जाये। पीपीएफ को भी नहीं छोड़ा। महँगाई के नाम पर रोजमर्रा की वस्तुएँ और चमक गयीं। बेजार चीजें नीचे लुढ़क गयी। अब टीवी फ्रिज जैसी वस्तुएँ भोजन में कैसे परोसें? क्या पता दिन बदलेंगे और हम यही भोजन करने लगेंगे...

एक बात अबहुँ समझ नहीं आई। गरीबों को मुफ्त में मोबाइल, गैस का कनेक्शन सुविधा देंगे, किन्तु रिचार्ज कौन करेगा? सिलेंडर हवा भरकर

चलेगा? भोजन कहाँ से उपलब्ध होगा? भाई, जहाँ चार दाने अनाज नहीं है, वहाँ इन वस्तुओं से कौन- सा खेल खेलेंगे? हमरी खुपड़िया में घुस ही नहीं रहा है। वो का है, कि हमने खुद को इतना मूर्ख बनाया, कि गधा आज समझदार प्राणी हो गया है। अंग्रेजों का भला हो; अब हम मूर्ख नहीं हैं, फूल हैं फूल। न गोभी का फूल, न गुलाब का फूल। पूरी दुनिया में प्राणी सबसे अच्छे फूल। लोग तो उल्लू बनाते हैं... आप उल्लू मत बनिए। ओह हो! आज तो 1 अप्रैल है। मूर्ख दिवस पर न उल्लू, न गुल्लू, न गोभी के फूल; भाई अप्रैल फूल बनो, अप्रैल फूल।''

37.

तिलिस्मी दुनिया के तिलिस्मी रिश्ते

फेसबुकी दुनिया के तिलिस्मी रिश्ते। लोगों का दुलार बनी दुनिया उनके नैनों का तारा बन चुकी है। इसके पहले हम बात कर रहे थे दर्शन से प्रदर्शन तक। किस तरह यहाँ साहित्य का प्रदर्शन हो रहा है, साहित्य का इस तरह से प्रदर्शन अर्थ का अनर्थ भी कर रहा है। वहीं कुछ सार्थक भी सृजन हो रहा है। इस बहती गंगा में न जाने कितने संपादकों का क्या-क्या गरम हो रहा है... किसी का माथा, किसी का बिस्तर, किसी की जेब और भी न जाने क्या-क्या। यह अपने आपमें स्वतंत्र शोध का विषय है। फेसबुकी रचनाकारों की फेसबुकी किताबें छप रही हैं। जीवन की किताब अब डिजिटल किताब बन गयी है। अब थूक लगाकर लोग पन्ने नहीं पलटते हैं; एक छोटे से माउस से काम हो जाता है। वर्षों पुराने रिश्ते जी उठे हैं... आदमी, आदमी का हो गया है, फेंटेसी सच्चाई बन गयी है। पहले परिवार का दायरा सीमित था, अब अपरिमित है। फेसबुक पर ही जन्म-दिन मन रहा है और वहीं श्रद्धांजलि भी दी जा रही है। परिवार का कौन सदस्य क्या कर रहा है, उसकी रुचि - कुरुचि क्या है, इसकी जानकारी भी अब फेसबुक से मिलती है। कौन कहाँ जा रहा है, कौन किसके साथ पार्टी मना रहा है, कौन घर आ रहा हैं, कौन किसके फोटो लाइक कर रहा है, किसके टाँके किससे

भिड़े हैं, यह फेसबुक पर जासूसी हो रही है। मगर अब कौन डरता है? जो जहाँ मरता है, वह कहीं और भी मरता है... ये नया जमाना आ गया है।

कोई बहती गंगा में हाथ धो रहा है, कोई आँखों के समंदर में डूब रहा है। यह फेसबुक जो न कराये वह कम है। अजी, आजकल कार्टून कौन देखता है; लोग स्वयं इसका हिस्सा बने हुए हैं। इस चैनल की जगह फेसबुकी दुनिया ने ले ली है। फेसबुक पर एक से एक कार्टून भरे पड़े हैं, चाहे जिससे दिल लगाओ।

कभी-कभी मन में विचार आते हैं कि यदि यह फेसबुक न होगा तो लोगों का क्या होगा? यह फेसबुक किसी दिन नहीं रहेगा तो क्या होगा? सारे लोग पगला जायेंगे। पता नहीं कौन-सा कदम उठायेंगे। लोग कहाँ करेंगे टाइम पास? कहाँ लिखेंगी बहुए भड़ास? जब दुःखी होगी सास, कहाँ लेंगे कवि लोग चांस? फेसबुक नहीं होगा तो सेल्फ़ी कहाँ लगाएँगे? यह सेल्फ़ी का युग है। हर आदमी सेल्फ़ी है। दफ्तर से लेकर घर तक की सेल्फ़ी - सेल्फ़ी। सड़क से लेकर संसद तक। कई लोग सेल्फ़ी खींचने के लिए ही कहीं आते-जाते हैं... यह नया दौर है, नया नशा है।

यह दुनिया अब शराब की ऐसी बोतल के समान है, जिसका नशा उतरने का नाम ही नहीं लेता है और यह शराब नसों में घुलकर उन्माद की पराकाष्ठा तक पहुँचा रही है। हाय, जब यह न होगा तो मजा कैसे आएगा। किसे अपने किचन से बेडरूम तक की तस्वीरें दिखाएँगे? क्या लाइक करेंगे? कहाँ कमेंट्स करेंगे। यह लाइकबाजी और कमेंट्सबाजी का दौर है।

यहाँ हर रिश्ता जायज है; बस रिश्तों को नाम न दो। लोग खुलकर बोल रहे हैं, खुलकर अपनी भावनाएँ व्यक्त कर रहे हैं। भावनाओं की चाँदी है और कामनाओं की भी चाँदी है। प्रीत के तार ऐसे जुड़ें हैं कि टूटने का नाम ही नहीं लेते हैं। नैन मटक्का अब चैन मटक्का बनता जा रहा है। कुछ नए रिश्ते गुदगुदा रहे हैं, कुछ प्रीत की डोर से बँधने के लिए तैयार बैठे हैं। कुछ रिश्ते सेलीब्रिटी बनकर अपने जलवे दिखा रहे हैं। चैन लूटकर ले गया, बैचेन कर गया यह दीवाना। यहाँ हर आदमी बैचेन है। कोई कुछ पाने के लिए, तो कोई कुछ खोने के लिए।

38.

दिवाली का दिवाला

दीपावली का त्योहार आने से पहले ही बाजार की रौनक व जगमगाहट अपने पूरे शबाब पर थी। रौशनी नजरों को चकाचौंध कर रही थी। घर में लक्ष्मी का आगमन हर्षोल्लास से मनाया जाता है। बाजार में खरीदारों की रौनक पूरे शबाब पर थी। जिधर देखो, बाजारों में लूट मची हुई थी। पूजन तो लक्ष्मी-गणेश का था, किन्तु अब अन्य भगवानों के दाम भी आसमान छूने लगे। कलियुग के तुच्छ प्राणी कोई मौका हाथ से जाने नहीं देते। कलियुग में कलियुगी भगवान भी अपनी दुकान में बैठते हैं। हर कोई अपनी दुकान सजा कर बैठा है। अजी, लूटने के ऐसे मौके फिर कहाँ मिलेंगे? दिल को सँभालते हुए हमने भी कुछ खरीदने का मन बना लिया। धर्म में पुण्य करना चाहिए। तभी सामने से आते हुए पुराने मित्र रमेश चन्द्र से नजरें चार हो गयीं। नजरें मिलते ही उन्होंने जोर से पीठ पर धौल जमाकर मित्रता का कर्त्तव्य पूर्ण किया।

रमेश- "क्या ख़रीदा बबलू? खाली हाथ खड़े हो, कुछ लिए नहीं का... घर मा अकेले हो?"

बबलू- ''अजी बुढ़ापा आ गया है और तुम का पीठ में दर्द का बम रखकर दीवाली का तोहफा दे दिये; बबलू कहते हो, यहाँ महँगाई ने हमारा पपलू बना दिया है।''

रमेश- ''यह हमारी मोहब्बत है यारा; हमारे देश में प्यार मोहब्बत जताने का यही तरीका अपनाया जाता है हा... हा...! चलो कंजूसी न करो, माल वाल खर्च करो तो गृह लक्ष्मी प्रसन्न रहेगी।''

बबलू- ''राम जाने अब दीवाली में भी दिवाला निकालने पर आमादा है। पहले की बात कुछ और थी; तब लक्ष्मी जी वरदान बनकर घर में प्रवेश करती थीं... आज कलियुग है। समय का पलटवार, कि लक्ष्मी को घर लाने के लिए काफी मेहनत मशक्कत करनी पड़ती है। आम आदमी अब स्वप्न में ही उनसे मिल सकता है।''

''सत्य कहते हो बबलू; पहले 500 रुपये बहुत होते थे, जिसमें घर भर का आनंद ख़रीदा जा सकता था, किन्तु अब रुपये का टूटना, डालर का बढ़ना, देश में महँगाई नाम की डायन को सदा के मंदिर में स्थापित कर चुका है।''

''हाँ भाई रमेश चन्द्र, गरीब की कुटिया और गरीब हो गयी; अमीरों के घर चाँद आकर बस गया। बेचारे मध्यमवर्गीय, त्रिशंकु की भाँति हवा में झूलने लगे हैं। पहले दीपावली में धन के नाम पर सोना ख़रीदे रहे, अब वह भी आसमान की सैर करता है। घर-प्रापर्टी हाथ से बाहर है... ले देकर दीपावली के नाम पर रस्सी और फुलझड़ी से ही काम चला लेते हैं।''

''हाँ, सही है बबलू; दिवाली में क्या खाएँ क्या जलायें। साहूकारों के मुँह फटे के फटे रहते हैं। पूरा पर्वत निगलकर भी भूखे शेर की तरह जैसे मुँह खुला रहता है। अब लम्पट लोगों ने भी नयी प्रथा को जन्म दे दिया है। जब भी कोई त्योहार आये, उस त्योहार में उपयोग होने वाली सभी वस्तुओं के दाम बढ़ा दो।

और एक ही नारे का टेप बजाओ... महँगाई डसती जाए रे...

अब न अड़ोस-पड़ोस है, न पड़ोसी को बुलाना। मिठाई को भूल

जाना, जैसे शुगर की बीमारी हो गयी है। ठहाकों के पटाखे, खुशियों की फुलझड़ियाँ, रिश्तों की मिठास, प्रेम की लड़ियाँ, जैसे बन रहे हैं गुजरा ज़माना।

''हाँ, सत्य वचन भाई... आज तो सपने में भी कहते हैं, अतिथि तुम मत आना; छोड़ो कल की बातें यह बात है पुरानी।'' कहकर रमेशचन्द्र ने अपनी गाड़ी बढ़ा ली, कहीं मित्रवर साथ न चल पड़ें। जाते-जाते धीरे-से दबी आवाज में कह गए, ''कभी फुर्सत में घर आना, नहीं तो फोन पर ही बतिया लेना राम राम!''

आजकल हर कोई उल्लू बनाने में लगा हुआ है। दोस्त अपना हो या न हो, अपनी यादें ही अपनी हैं। चलो आज 150 रुपये के पटाखे ले ही लेते हैं। लक्ष्मी जी कभी तो अपनी कुटिया में आएँगी। ईश्वर की कृपा से रिज़र्व बैंक को कुछ भेद ज्ञान प्राप्त हुआ है। इसके चलते कुछ ब्याज दर कम हुई है। भाई, हमारे नेता जी की जय हो; वे दीवाली में खुशियों की बौछार कर दें, तो हम कुछ पटाखें फोड़ें। कब तक पड़ोस के बम देखते रहेंगे? दीवाली में दिवाला न निकले... हरी ओम!

39.

फेसबुकी व्यंग्य बौछार

आजकल व्यंग्य विधा अच्छी खासी प्रचलित है। व्यंग्यकारों ने अपने - अपने व्यंग्य का ऐसा रायता फैलाया है, कि बड़े-बड़े व्यंग्यकार हक्के-बक्के रह गए। अचानक इतने सारे व्यंग्यकारों का जन्म कैसे हुआ? आपके इस रहस्य की गुत्थी हम सुलझाते हैं। इसका जन्मदाता फेसबुक है, जिसने अनगिनत व्यंग्यकारों को अपनी गोदी में खिलाया, लिखना-पढ़ना सिखाया और उन्हें सीधे आसमान पर बिठा दिया। अजी, भेड़चाल न हो तो चलने में मजा कैसा? हर कोई भेड़चाल चल रहा है, फेसबुक कैसे पीछे रह सकता है।

आभासी दुनिया पर हमारे देखते-देखते नए व्यंग्यकारों की अच्छी खासी जमात खड़ी हो गयी है। जिसे देखो, मुर्गे की एक टाँग लिए गुटरगूँ कर रहा है। हर कोई किसी की चिकोटी काट रहा है, कोई कविता को लेकर फिकरे कस रहा है। कोई फैशन की धज्जियाँ उड़ा रहा है, कोई महिलाओं की तस्वीरें देखकर औंधे मुँह गिरा-पड़ा हुआ है, तो कोई-कोई पुरुष, रोज तस्वीरें बदलकर अपनी अदाएँ दिखाते हैं, जैसे विश्व सुंदरी अपने अलग - अलग पोज दुनिया को दिखाना चाहती है। ऐसे बजने वाले पतीले - चम्मच,

अपने मोटे थुलथुले शरीर को भी विश्व सुंदरी वाली अदा के साथ प्रस्तुत करते हैं... ऐसे में फीता काटने वालों की कोई कमी नहीं है।

हाल ही में भारत वर्ल्ड कप में हार गया तो सारा ठीकरा अनुष्का शर्मा के सर पर फोड़ा गया। आखिर अब तक गुत्थी नहीं सुलझी, कि बालकनी में बैठी हुई अनुष्का मैच कैसे हरा सकती है? या फिर हमारे दर्शक क्रिकेटरों का ध्यान, मैच से ज्यादा विराट कोहली और अनुष्का शर्मा के नयनों पर लगा हुआ था। जनता की नजर अपने इंसानी भगवान पर होती है। एक किस्सा और जहन में आया। कुछ पुरुष, उम्र के अंतिम पड़ाव पर होकर भी नजरें सेंकने से बाज नहीं आते; पिपासित कुदृष्टि महिलाओं का पीछा नहीं छोड़ती है। बुजुर्ग साहित्यकार अपनी युवा पीढ़ी को जाने कैसा पाठ पढ़ा रहे हैं, क्या सन्देश प्रसारित हो रहा है, राम ही बचाये। ऐसी हरकतों पर धज्जियाँ उड़ाना कोई हमारे कुएँ के मेढकों से सीखे।''

यही हाल कमोबेश फेसबुक पर भी मौजूद है। घर से दुनिया को जोड़ने वाली खिड़की पर भी रायता फैलाने वालों की कमी नहीं है। कौन किससे चोंच लड़ा रहा है, कौन किसका शुभचिंतक मित्र है; खोजी नजरें आग लगाने का कार्य बखूबी, पूर्ण शिद्दत से निभाती हैं। आखिर व्यंग्य और कटाक्ष में हमारे जैसा सिस्टम मिलना मुश्किल ही नहीं नामुमकिन है।

एक दिन अचानक हमारे जादुई बक्से की खिड़की खुली और सन्देश मिला- 'क्या बात है, आप बहुत-बहुत सुन्दर हैं, हर तरफ छाई हुई हैं; जहाँ देखिये वहाँ छप रही हैं।'

आखिर इन जनाब का हाजमा किस बात से बिगड़ा, हमारी छोटी समझ से परे था। ऐसे लोगों को कोई क्या जवाब दे सकते हैं। हमारे एक और भलेमानस शुभचिंतक हैं, जो कहते हैं सतर्क रहो; आगे बढ़ाने वाले ही आपको पटखनी देंगे। कुछ प्यारे सखा सहेली, आगे बढ़ने से इतना नाराज हो गए, कि कमतर दिखाने का कार्य, पूर्ण शिद्दत से करने लगे। व्यंग्य के सारे रंग हमें लगाने पर आमादा हो रहे हैं। उनकी कुटिल बुद्धि समझ ही नहीं सकी, कि इससे उनकी ही कलई खुली है। हम वहीं अपनी कछुआ गति से चल रहे हैं, हमें तो रेस में कोई रुचि ही नहीं है।

आजकल मानसून के बदमिजाज मौसम की तरह व्यंग्य-बारिश कहीं भी शुरू हो जाती है। व्यंग्य विधा में आये नए-नए कई रचनाकारों ने बड़े-बड़े रचनाकारों के कान काटना शुरू कर दिये हैं। हरिशंकर परसाई जी के व्यंग्य, नए कदमों को अपनी सिद्धहस्त कला का ज्ञान प्रदान करते हैं; किन्तु अचानक फेसबुकी स्टार बने हुए व्यंग्यकारों ने अपनी स्वयं की विधा को ईजाद कर लिया है। स्वयं को नामचीन व्यंग्यकार कहने वाले फेसबुकी व्यंग्यकारों ने हर किसी को अपने लपेटे में लेना प्रारंभ कर दिया है। वे वहाँ सर्वप्रथम संपादक को ढूँढ़ते हैं, उनसे मित्रता बढ़ाते हैं; बार-बार निवेदन करके मित्रता की खातिर खुद को स्थापित करने का प्रयास करते हैं। हाल ही में एक किस्सा हुआ। हमने अभी-अभी व्यंग्य-विधा की गलियों में अपने पैर रखे थे। गाहे-बगाहे पाठकों ने स्वागत किया, तो जनाब सीखने के बहाने हमने अपनी कलम घिसना शुरू कर दिया। हमारे प्रिय संपादकों को हमारा लेखन पसंद आया, तो उन्होंने हमारी कलम को स्तम्भ की एक कुर्सी प्रदान कर सम्मान से नवाज दिया। खैर, हमने स्वयं को विद्यार्थी मानकर कुर्सी को गुरु बनाना उचित समझा। किन्तु यह क्या... फेसबुक के कई नए व्यंग्यकारों की नजर हमारी कुर्सी पर पड़ी और उन्होंने चैट में चुपचाप मक्खन लगाना प्रारंभ कर दिया। हमारी रचना को भी छपवा दीजिये, आप हमारी मित्र हैं, आपका बहुत नाम है, आपको हर कोई छापता है... का रायता नित हमें मिलने लगा। मित्रता की खातिर हमने उन्हें समाचार-पत्रों का रास्ता दिखा दिया। सामग्री भेजने के बाद भी वह प्रकाशित नहीं हुए, तब तथाकथित नामचीन रचनाकारों के बीच हम अमित्र होने लगे, क्यूँकि उनकी रचना का प्रकाशित नहीं होना हमारी कुर्सी का दोष था। लो भाई, नेकी भी की और कुएँ में भी हम ही धकेले जा रहे हैं। हम तो यही कहेंगे 'कर्म करते रहिये, फल की चिंता न कीजिये।' शुक्र है हमें कुर्सी का चस्का नहीं लगा और न ही मक्खन की डालियाँ हमें भगवान बना सकीं। हम तो वह पैदल हैं, जो सिर्फ चलना जानते हैं; बाकी के दाँव पेंच खेलने के लिए बहुतेरे हैं। तो यह कार्य उन्हीं के कन्धों को सौंपते हैं। हम तो आसमान में चमक रहे फेसबुक के हर रंग का आनंद लेते हैं... हरी ओम!

40

मूर्खता की परछाईं

समय के साथ सब बदल जाता है, यह परम सत्य है। आदमी पहले दूसरों को मूर्ख बनाता था, आज खुद को मूर्ख बनाता है। आज मेरी मुलाकात अपनी ही परछाईं से हो गयी। अब आप कहेंगे, मूर्ख है; कोई परछाईं से भी मिलता है? लेकिन हम मिले और जी भर कर मिले। जाने दीजिये, आप सोचेंगे आज सच में एक मूर्ख से पाला पड़ गया है। हमें क्या, आप सोचते रहें... इंसान मूर्ख ही तो है; आज स्वयं को मूर्ख कहने में हमें कोई संकोच नहीं। आभासी दुनिया के मूर्खतापूर्ण व्यवहार ने हमें होशियारी सिखा दी है। हम कितने सीधे हैं। लोग लल्लू भी हैं होशियार भी हैं। जब लम्बे समय से जुड़े हुए लोग पूछते हैं, आप कौन हैं? क्या करते हैं? सच पूछो दिल में छुरियाँ चल जाती हैं। क्या कभी पढ़ते नहीं हैं? बस, आजकल गप्पबाजी करना ही शौक बन गया है। खुद को उच्च-कोटि का साबित करने के लिए बार-बार बिना सिर पैर की बात करते हैं। खैर; जाने दीजिये। आज मेरी परछाईं ने मुझे ही मूर्ख कह दिया। हुआ यूँ -

''मेरी परछाई कैसी हो?''

प्रश्न अजीब था, किन्तु तीर, तरकश से निकल चुका था। वैसे भी हम जाने-माने साहित्यकार हैं तो परछाईं भी वही हुई। किन्तु उसने हमीं पर पलटवार किया।

कितना स्यापा फैला रखा है; काम के न काज के, बस दिन भर उजूल-फुजूल लिखकर लोगों को बरगलाते हो; कोई काम धाम नहीं है क्या? किसे मूर्ख बनाते हो; खुद को?''

जवाब सीधे दिल को भेद गया। घर में कोई बकर-बकर नहीं सुनता; तो हमने भी दुनिया को सुनाकर खुद को महान बना लिया। ससुरा आज तक किसी ने तारीफ नहीं की है। घर में पत्नी बच्चे, माँ-बाप के लिए हम नकारा थे। कहते हैं घर की मुर्गी दाल बराबर। सो थाली में कभी दाल भी नहीं मिलती थी। हमने सोचा, उल्लू क्या जाने अदरक का स्वाद। आज इंसान ने मूर्खता के पैमाने छलका दिए हैं। इस विचार ने हमें असीम शांति प्रदान की, किन्तु हमारी परछाईं थी तो सत्य कैसे न जानती। आज हमारे मूर्खतापूर्ण प्रश्न ने हमें मूर्ख सिद्ध कर दिया।

मूर्खता की परछाईं

वैसे मूर्खता के कई प्रकार होते हैं; एक परिभाषा में मूर्खता को कैसे परिभाषित करें? खुशफहमी, मूर्खता को सर्वोपरि बनाती है। खुद का प्रचार करो, विज्ञापन करो और खुद को महान समझो। हमारे इर्द-गिर्द नजर घुमायें... ऐसे मूर्खों की भरमार है। शर्मा जी जब देखो ऊँट की तरह गर्दन ताने घूमते रहते हैं। सुना है बहुत बड़ा काम किए हैं, किन्तु अड़ोसी-पड़ोसी को पता भी नहीं है। सो ससुरे उनके बुद्धिजीवी दिमाग को क्या जानें? वो ऐसे तने रहते हैं जैसे दुनिया भर का बोझ उन्हीं के सर पर है। एक बार सिंह अंकल हमें बगीचे में मिल गए थे और बोले, लल्ला क्या करते हो?

हमने लगे हाथों कह दिया- ''कवी हैं।''

कवी क्या होता है? बेचारी दुखियारी आत्मा!

हमारा चौड़ा सीना सिकुड़कर पिचके गुब्बारे-सा हो गया। समाज का यही दोष है; दूसरों की पतंग काटो और आनंद लो। सभी रिश्ते आभासी

होने लगे। खुद को महान समझने वाले मूर्ख, अहंकार में एक-दूसरे से कन्नी काटते हैं। खुद की चहारदीवारी में कैद, अकेलेपन के साथी ऊँट की तरह गर्दन ताने फिरते हैं। किसी से बात करने के लिए गर्दन नीचे करनी होती है, जो कोई करेगा नहीं। हम आज तक इस दुनियादारी को समझ नहीं सके, कि गर्दन ऊँची क्यों है।

कल एक गोष्ठी में देखा, शर्मा जी तन कर बैठे हुए थे। अड़ोसी-पड़ोसी उनके कर्मों के बारे में नहीं जानते थे। वे विशुद्ध लेखक थे। उजूल फिजूल लिखते-लिखते खुद को महान लेखक बना लिया। बड़ी अदा से घूमते थे, जैसे वही अक्ल दराज, बाकी मूर्खों की बारात। खुशफहमी इंसान को जिंदादिल बना देती है। कम-से-कम सर में शंका का चूरन रखने से, खुशफहमी का तेल लगाना ज्यादा अच्छा है। हम शर्मा जी को देखते ही रह गए। कितनी बड़ी हस्ती बन गए। लोग एक फोटो चिपकाने के लिए तरसते हैं... एक तो चिपका ही दो। शर्मा जी खुश हैं, किन्तु उन्हें क्या पता, लोग उनका उपयोग किये जा रहे हैं। फोटो शर्मा जी की चिपका कर अपना प्रचार कर रहे हैं। जे हमरे खास मित्र हैं, तो हम भी खास बन गए। लोग एक-दूसरे के कंधे पर पैर रखकर चढ़ने लगे हैं। बेहद खुश हैं कि हमने बहुत बड़ा तीर मार लिया है।

आजकल हमारे एक मित्र, जिन्हें हमसे बेहद मोहब्बत है; जब देखो हमारी भाषा-विचारों को चुराते रहते हैं, खुद को महान सिद्ध करने की कोशिश में लगे रहते हैं। चोरी करके महान बन गए। उन्हें आभासी दुनिया में कह दिया कि मेरी रचना है तो झट से ब्लॉक कर दिया। एक-दूसरे को उल्लू बनाने से अच्छा है, खुद को उल्लू बना लो। हमने सोचा, रचना चोरी की है गुण नहीं और खुद को खुश कर लिया।

अब ज्यादा क्या कहें? यही कहेंगे, खुद को मूर्ख बनाना अपने स्वास्थ्य के लिए लाभदायक होता है। हम तो यही कहेंगे, खुद को खूब मूर्ख बनाओ, इसमें परमानन्द है। आप कहेंगे कैसे? तो सुनें:-

खुद को महान समझने से आप कुछ महान कार्य करने का प्रयास करेंगे; इससे आप व्यस्त रहेंगे, कुछ अच्छा कार्य करेंगे।

खुद को देखने - समझने के आदी हो जायेंगे, तो दूसरों की बातों पर ध्यान नहीं जायेगा; बिन सिर-पैर की बातों को नजरअंदाज करेंगे तो बीपी शुगर जैसी बीमारी कोसों दूर होगी।

किसी बात की चिंता नहीं होगी, क्यूँकि आप खास हैं। दूसरो को मूर्ख जरूर समझें, यह खुशफहमी आपको खुश रखेगी।

एक-दूसरे को मूर्ख समझने की प्रथा से कुंठा, द्वेष, जलन से मुक्ति मिलेगा और आप खुशफ़हम रहेंगे।

आपको अकेले में भी आनंद आने लगेगा; घर वाले आपके कोप का भाजन नहीं होंगे।

दोस्त, यार, हमजोली आपकी मूर्खता को बुद्धिजीवी-सा मान देंगे।

कोई सुने य न सुने, आप खुद को जरूर सुनेंगे।

हर तरफ परमानन्द होगा। लोगों की छींटाकशी पर आप मुस्करायेंगे और अपनी मूर्खता का ख़िताब उन्हें दे देंगे, कि मूर्ख है, समझता नहीं है।

तो खुशफहमी को पहनते रहें, खुद को मूर्ख बनाते रहें, जिंदादिली दिखाते रहें।

खुद को, लोगों को झेलने का सुख देते रहें। खुद भी हम मित्रों को झेलते रहे।

सभी हार्मोन कुशलता से कार्य करेंगे; खुशफहमी, बीमारी से मुक्ति दिलाएगी। आप मुस्करायेंगे तो हम भी मुस्करायेंगे। शुक्रिया! आपने हमारी मूर्खता को तवज्जो दी। मुर्खानंद की जय हो!